小學修辭手法一本通

梁美玉　著

新雅文化事業有限公司
www.sunya.com.hk

目錄

作者的話

　　修辭手法對小學生而言可說是一點不陌生，常常在家課、測考中出現，然而小學生能在閱讀篇章時理解修辭的作用嗎？在寫作中能恰當運用修辭，為文章加添色彩嗎？

　　現實情況是，部分小學生完成的修辭練習為數不少，效果卻事倍功半。他們往往死記硬背修辭的定義和例子，在寫作中生搬硬套，對如何欣賞修辭在篇章中帶來的效果，如何在寫作中運用修辭令文章生色，卻未能掌握。《小學修辭手法一本通》正是為全面提升修辭運用而編寫的。

　　本書根據香港課程發展議會頒布《中國語文課程指引（小一至小六）》及《小學中國語文建議學習重點》編寫，旨在幫助小三至小六的學生辨識各種常用的修辭手法，並提升欣賞和運用修辭的能力。

本書特色如下：

1. 全書涵蓋不同的修辭手法，共十四種，輔以實例詳解修辭定義和作用。

2. 書中特設修辭辨析，幫助理解相似修辭手法的異同，鞏固所學。

3. 書中有大量修辭佳句賞析，示範修辭手法在不同類型的文體中如何應用。

4. 本書引導學生用修辭造句、寫作，旨在達到恰當而靈活的運用修辭的效果。

　　冀望做到「一本在手，貫通無憂」。

梁美玉

① 比喻

妹妹
小學三年級

哥哥，我說一個謎語給你猜，好嗎？

好啊！

哥哥
小學五年級

耳朵像蒲扇，鼻子像繩子，身子像小山，雙腿像柱子。猜一種動物。

是大象！

哈哈，猜謎語真有趣！考考你們，剛才那個謎語主要運用了哪一種修辭手法？

比喻法！

語文機械人

快而準！

認識比喻

一、什麼是比喻

比喻即「打比方」，是利用事物之間相似的地方，把某一事物比作另一事物來說明的修辭手法。比喻的基本結構分為三部分：

本體 被比喻的事物

喻詞 表示比喻關係的詞語：像、好像、如、如同

喻體 打比方的事物

示例

夜空中的繁星像一顆顆閃閃發亮的鑽石。

本體：繁星　　　**喻詞：像**　　　**喻體：鑽石**

本體和喻體的特徵要有相似的地方，句中把繁星比喻為鑽石，因為兩者都有閃閃發亮的特點。

比喻主要可分為**明喻**、**暗喻**和**借喻**三種。

❶ 明喻

明喻句中，本體、喻體和比喻詞會同時出現，常用的比喻詞有「像」、「好像」、「如」、「有如」、「猶如」、「彷彿」、「像⋯⋯一般」等。

例：妹妹的笑容好像太陽花一樣燦爛。

❷ 暗喻

暗喻，又稱「隱喻」，本體和喻體都出現，常用「是」、「成了」、「成為」等詞語表示比喻關係。

> **例**：媽媽是我人生路上的明燈。

❸ 借喻

本體和喻詞都不出現，直接用喻體代替本體。

> **例 1**：大雨過後，天空出現一條彩色的橋樑。
>
> 「彩色的橋樑」是喻體，本體是「彩虹」，但不寫出來。

> **例 2**：這羣猴子上課時吵吵鬧鬧，惹得老師生氣了。
>
> 「猴子」是喻體，本體是「學生」，但不寫出來。

在寫比喻句時，喻體要選一些常見、容易理解的物品。假如選用了一些罕見、深奧的喻體來構成比喻句，就令人難以理解了。

> **示例**
>
> **一塊積木就像單一的語素。**
>
> 「語素」是孩子不熟悉的事物，用它來比喻積木，就無法令孩子明白積木的特點。

二、比喻的作用

　　運用比喻可以把抽象的事物變得具體、將深奧變得淺顯、陌生變得熟悉，使人易於理解。此外，也可以使所刻畫的事物的形象更鮮明生動、具體明確，給人深刻的印象。

三、修辭辨析

1. 你看弟弟粗眉大眼，長得真像爸爸。
2. 天陰沉沉的，像要下雨了。

以上這兩個句子都是比喻句嗎？

同類事物是不可以構成比喻句的，句子1中弟弟和爸爸都是人，句子說的是他們的面貌擁有相似的特徵，所以不是比喻。

本體和喻體的外形要有相似的地方，但在句子2中，「陰沉沉」和「下雨了」沒有相似點，只表示猜測的意思，因此不是比喻句。

我明白了，比喻句中本體和喻體的特徵要有相似的地方，但不能是同類的事物。

🍬 初階題

一、找出下列比喻句的本體、喻體和喻詞，填在＿＿＿＿＿上。

1. 清晨，荷葉上的露珠仿如一顆顆耀眼生輝的水晶。

   本體：＿＿＿＿＿　　喻詞：＿＿＿＿＿　　喻體：＿＿＿＿＿

2. 濃霧好像一匹巨大的白絲布，把維港兩岸的建築緊緊覆蓋。

   本體：＿＿＿＿＿　　喻詞：＿＿＿＿＿　　喻體：＿＿＿＿＿

3. 老師的勉勵恰似冬日溫暖的陽光，讓同學的心暖烘烘的。

   本體：＿＿＿＿＿　　喻詞：＿＿＿＿＿　　喻體：＿＿＿＿＿

4. 初學游泳的弟弟猶如即將上戰場的士兵，心情緊張得很。

   本體：＿＿＿＿＿　　喻詞：＿＿＿＿＿　　喻體：＿＿＿＿＿

🍰 中階題

二、辨別下列句子，明喻句在（　）內加○；暗喻句在（　）內加△；
　　兩者都不是的，在（　）內加 ✗。

1. 這本書是我的心靈加油站，鼓勵我要好好欣賞自己
   的個性。　　　　　　　　　　　　　　　　　　　　（　）

2. 看完電影後，她眼眶紅紅的，眼淚像要掉下來。　　（　）

3. 那洶湧的潮水從海心一直向岸邊捲過來，猶如一幅
   展開着的畫卷。　　　　　　　　　　　　　　　　（　）

4. 那大樓外的霓紅燈搖搖欲墜，彷彿要掉下來似的。　（　）

🍉 高階題

三、把下列比喻句中加點詞語的本體填在_____上。

1. 收到錄取通知後，姐姐終於放下了心中的大石。

   本體：_____

2. 自從那次誤會後，一心和允行之間築起了一道牆，漸漸變得疏離。

   本體：_____

3. 農曆新年過後，百貨業步入了寒冬，只好藉着減價促銷吸引顧客。

   本體：_____

🌶️ 挑戰題

四、辨別下列句子的修辭手法，填上適當的字母。

> A. 明喻　　　　B. 暗喻　　　　C. 借喻

1. 在嚴寒的天氣下，這件温暖的大衣成了我的保護罩，使我不畏寒風。　（　）

2. 他沒有梳理頭上那個鳥巢就出門上學，真不修邊幅呢！　（　）

3. 在夕陽的照耀下，湖泊變成了一面大鏡子，映照出羣山的倒影。　（　）

4. 老師幾十年來默默耕耘，培育了一批又一批茁壯成長的幼苗。　（　）

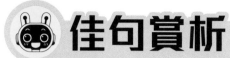

佳句賞析

明喻

有一次，我回到老家探望家中的父母。媽媽架上老花眼鏡，在廚房切菜，我定睛一看，發覺她手背上布滿了凸起的青筋，一根根的，就像老樹上的紋理。我的心靈被深深地震撼着，這雙曾經細白、柔軟的手，是為了誰才會變得這樣枯瘦、粗糙呢？

媽媽長年操持家務，十分辛勞，她的手背上隆起了青筋，那凸起形狀和老樹上的粗糙紋理十分相似，作者這個明喻非常貼切，也能帶出對母親為家人默默付出的感歎。

轉校的第一天，我戰戰兢兢地進入課室。在老師的指示下，我坐在蕙蘭旁邊，她望向我微微一笑，那親切的目光猶如和暖的燭光，溫暖了我的內心，增強了我適應新環境的信心。

作者把鄰座同學的親切目光比喻成和暖的燭光，突出了那目光背後的友善關懷，顯得生動又具體。

暗喻

攝氏三十八度的高溫下，那長長的石板路變成了火爐，快把行人烤熟了。

作者把石板路比喻成火爐，突出它在高溫下被曬得炙熱無比的狀態。

借喻

他倆十年來省吃儉用，終於等到還清債務的一天，心上的計時炸彈也頓時拆卸了。

以計時炸彈借喻本體欠債未還的心理負擔，能具體地形容還債的時限性和負債纍纍的迫切性給人帶來的沉重壓力。

修辭創作

學習了比喻的修辭手法，來自己創作比喻句吧！

根據提示，寫比喻句。

1. 本體：友誼（明喻句）

_____

_____

_____

2. 本體：時間（暗喻句）

_____

_____

_____

3. 本體：交通燈（借喻句）

_____

_____

_____

❷ 擬人、擬物

（高聲呼叫）救命啊！救命啊！誰來救救我！

（趕快跑來）吱吱吱，大王，我來救你啊！

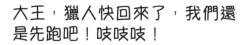

小老鼠咬斷了繩網，救了獅子大王出來。

（高興地稱讚）小老鼠，你真了不起！我真不該看輕你！

大王，獵人快回來了，我們還是先跑吧！吱吱吱！

哈哈，你們演得真好看！考考你們，《老鼠和獅子》這個寓言故事主要運用了哪一種修辭手法？

擬人法！

認識擬人、擬物

一、什麼是擬人？

擬人就是運用想像力，把動物、植物或其他沒有生命的事物當作人來寫，把事物寫得像人那樣能說話、做動作、像人一樣有思想和感情。

示例一

春姐姐悄悄走近了大地，樹木紛紛穿上色彩繽紛的新衣來迎接她。

　　樹木不會「穿衣服」，也不會「迎接別人」，這一句運用了擬人的手法，把樹木寫成有人類的思想和動作，令整個句子更生動有趣。例句中還把春天寫成「春姐姐」，會像人那樣「悄悄地」走路，還用了指稱人的代詞「她」指代春天，使擬人的效果更加突出。

示例二

太陽害羞地躲在烏雲背後，不敢和大家打招呼。

　　太陽本來沒有感情，例句卻把它寫成像人一樣，會感到害羞，會躲藏起來。如果改寫成普通的陳述句「太陽被烏雲遮蓋」，表達效果便平淡得多了。

擬人手法就是直接把物當人來寫，不要求人與物之間有相似之處。

動物園裏，兩隻八哥鳥怒氣沖沖，喋喋不休地爭吵。

人和八哥鳥是兩種完全不同的事物，只是兩隻八哥鳥的叫聲使人聯想起人們爭吵的模樣。

二、擬人的作用

運用擬人法，給予事物人的行為和心理特點，可以使事物顯得親切活潑，令描述更有趣，也幫助作者說明事理，或表達情感。

三、什麼是擬物？

擬物是把人當作動物、植物或其他事物來寫，或把甲事物當作乙事物來寫。

在眾人的呼喝聲中，那個小偷夾着尾巴逃走了。

這個句子運用了擬物法，把人寫成一隻夾着尾巴走路、垂頭喪氣的狗，不但生動地呈現了小偷逃走時的狼狽模樣，更流露出貶斥的感情色彩。

四、擬物的作用

運用擬物法能使形象生動鮮明，提升表達效果，突出作者對人或事情的情感。

五、修辭辨析

1. 工蜂先吸足花蜜，產製蜂蠟，然後建造蜂巢，好像一羣勤奮的建築工人。

2. 花兒對工蜂招招手，說：「你每天辛勤工作，多吃一點花蜜，補充體力吧！」

以上這兩個句子都運用了擬人法嗎？

工蜂建造蜂巢，與建築工人興建樓房的行為性質相似，句子 1 運用了比喻，用喻詞「好像」把工蜂比作建築工人。雖然句中把工蜂比作人類，但沒有刻意賦予牠一些人類獨有的特徵，所以不是擬人句。

花是植物，不能做出招手的動作，也不能說話。句子 2 運用了擬人手法，把花寫得像人一樣會鼓勵工蜂，令句子讀起來富有趣味。

我明白了，擬人句跟比喻句不同，句中不會出現喻詞「好像」、「彷彿」等。

實戰演練

初階題

一、 辨別下列句子的修辭手法，運用了擬人法的，在□內加✔。

1. 春雨後，小蝸牛羞怯地探出頭來，慢慢地四處張望。　□

2. 大廈的外牆設置了幾盞亮晃晃的燈，猶如幾個站崗的守衛。　□

3. 櫥窗內的花瓶按着高度整齊地排列，供人欣賞。　□

4. 小蝴蝶拉開厚厚的被子，好奇地看看外面的世界。　□

5. 幾隻小松鼠在樹上跑來跑去，如同幾個頑皮的小孩一般。□

中階題

二、 辨別下列句子，是擬人句的，在（　）內加○；是擬物句的，在（　）內加△。

1. 暴躁的錘子大發脾氣，把釘子狠狠地打在木頭上。　（　　）

2. 大樹被猛烈的狂風吹得嘶叫起來，聲音有點嚇人。　（　　）

3. 烤箱傳來陣陣香氣，綻放出一個個甜滋滋的餡餅。　（　　）

4. 茶具端正地坐在櫥櫃裏，等待着客人的來臨。　（　　）

5. 外婆手上的鈎針吐出長長的絲，不一會就鈎成了一頂帽子。　（　　）

6. 冷風從門縫溜進室內，提醒我們要穿上厚厚的外衣。（　　）

🍉 高階題

三、試指出以下的句子如何運用擬物來把人比擬成物，或把甲
　　物比擬成乙物。

1. 舅舅從不考慮移居到外地，決心植根於香港。

　　把人當作＿＿＿＿＿＿來寫。

2. 我們坐在偌大的演奏廳裏，沐浴在樂韻之中。

　　把樂韻當作＿＿＿＿＿＿來寫。

🌶 挑戰題

四、依照指示，選出適當的詞語，改寫句子。

> 淹沒　　　　守護　　　　作弄　　　　燃亮

1. 驟雨淋濕街道上沒有帶傘的途人。（改寫成擬人句）

　　＿＿＿＿＿＿＿＿＿＿＿＿＿＿＿＿＿＿＿＿＿＿＿＿＿＿＿

2. 儲物櫃緊緊鎖上，放置着我們的財物。（改寫成擬人句）

　　＿＿＿＿＿＿＿＿＿＿＿＿＿＿＿＿＿＿＿＿＿＿＿＿＿＿＿

3. 老師的話勉勵了我們的鬥志，我們誓要在比賽中發揮出最佳水
　　平。（改寫成擬物句）

　　＿＿＿＿＿＿＿＿＿＿＿＿＿＿＿＿＿＿＿＿＿＿＿＿＿＿＿

4. 那些未完成的畫作堆滿了他的工作室。（改寫成擬物句）

　　＿＿＿＿＿＿＿＿＿＿＿＿＿＿＿＿＿＿＿＿＿＿＿＿＿＿＿

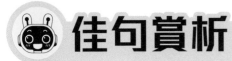

佳句賞析

擬人

在這春光明媚的郊外，我帶着小狗，沿着小徑，慢慢地向前走去。和暖的春風，輕輕地撫摸着嫩綠的葉子，發出溫柔的刷刷聲，輕聲地告訴我們寒冬已成過去，邀請萬物出來活動活動。

句子中「撫摸」、「告訴」、「邀請」是人的動作，「溫柔」是人的特質，作者把沒有生命的春風當作人來描寫，使它如同有生命、有個性一般，使文句更生動，並提升了表達的感染力。

幾個塑料瓶被人丟進河裏，它們無聲的歎息，隨波逐流中眉頭深鎖地抱怨着。

作者把沒有生命的塑料瓶當作人來描寫，使它有着人的動態，也具備人的感情，會「無奈地歎息着」，也會「眉頭深鎖地抱怨着」，藉此了加強作者要抒發的思想感情。

擬物

　　乾燥的天氣持續了多日，山林大火找到了可乘之機，吞噬了整個森林。烈火橫掃而過，悲慘的景象令人心痛。樹木倒下，生物驚惶失措，生態系統遭受嚴重打擊。然而，人們團結一心，奮力撲滅火勢，重建家園的希望如同春花般盛開。努力恢復山林的綠意，讓生命之花再度綻放。

　　「吞噬」指動物吞吃的動作，或是醫學上指消滅、破壞細菌或其他異物的現象。作者把大火當成動物來描寫，突出火勢的猛烈和驚人的破壞力。

修辭創作

一、請運用擬人法改寫以下段落。

楓樹上有許多葉子，都是從楓樹枝上長出來的。它們隨風搖曳，左右上下地搖動着，發出沙沙的聲音。突然，一陣大風吹來，它們搖動得更厲害了，發出更大的沙沙聲。

_____

_____

_____

_____

_____

二、把下列句子改寫成擬物句。

1. 原句：猛烈的山火摧毀了整個森林。

改寫：_____

_____

2. 原句：在台前幕後用心製作下，話劇終能登上舞台。

改寫：_____

_____

❸ 排比

今天是星期日，你們到哪裏玩啊？

我們剛剛到社區中心參加藝術嘉年華會，節目很豐富。

對啊，嘉年華會上有很多不同的活動，有藝術家示範面譜製作，有默劇演員表演趣劇，有中樂團演奏樂曲，有舞蹈團跳民族舞，太多太多，説都説不完。

噢，這麼精彩，竟然不帶我一起去。

我們不知道你喜歡藝術活動，放心，下次一定會邀請你一起去。

一言為定！考考你，剛剛妹妹介紹活動時，用了哪一種修辭手法？

呀……排比，對嗎？

認識排比

一、什麼是排比？

排比是把三個或三個以上結構相同或相似、內容相關、意義相近、語氣一致的分句排列起來，藉以增強表達效果。

示例一

荷葉上的露珠閃閃發亮，像水晶；像鑽石；像繁星。

連用三個比喻，構成排比，突顯露珠的晶亮。

示例二

上海，洋溢繁華活力；蘇州，展現藝術美感；杭州，散發恬靜閒逸——**這次旅程我們走訪了三個各具特色的好地方。**

用相同結構的分句比照三個地方的特點，展示各自的吸引之處。

示例三

春天是天真爛漫的小孩子；夏天是朝氣蓬勃的少年人；秋天是穩重沉實的中年人；冬天是久歷風霜的老年人。

全句由四個相同結構的分句排列起來，分別展現四季的特色。

1. 排比必須由三個或以上結構相同或相似的短語或句子構成，如只有兩個短語或句子，並不屬於排比。

2. 排比句中各個短語或句子之間的關係通常是並列的，即使改變它們的先後次序，也不會影響意思的表達。

二、排比的作用

　　能加強句子的節奏，使音韻鏗鏘；能增強語氣，表達強烈的思想感情，有力地說明道理。

三、修辭辨析

　　這次藝術展覽展出了栩栩如生的雕塑、線條分明的版畫、質樸自然的陶瓷、手工精細的剪紙，琳瑯滿目，令人目不暇給。

這個句子運用了排比嗎？

這個句子中,「栩栩如生的雕塑、線條分明的版畫、質樸自然的陶瓷、手工精細的剪紙」只是列舉的項目,不是並列的分句,所以不算是排比句。

看那栩栩如生的雕塑;看那線條分明的版畫;看那質樸自然的陶瓷;看那手工精細的剪紙;這次藝術展覽琳瑯滿目,令人目不暇給。

這個句子是排比句吧?

對的,句中含有四個結構相同分句,「看那⋯⋯的⋯⋯」,內容有關聯,屬於排比句。

我學會了!

實戰演練

初階題

一、選出適當的詞語，填在橫線上，完成排比句。

> 歡呼……搖頭……握拳
> 堆沙……游泳……玩水槍
> 挑年花……選年畫……買小吃
> 彈彈琴……打打鼓……唱唱歌
> 吹氣球……掛彩帶……貼海報
> 看手機……打瞌睡……看報紙

1. 你＿＿＿＿；我＿＿＿＿；他＿＿＿＿，大家一起布置客廳。

2. 車廂裏，有人在＿＿＿＿；有人在＿＿＿＿；有人在＿＿＿＿。

3. 你＿＿＿＿；我＿＿＿＿；他＿＿＿＿，大家樂在其中。

4. 沙灘上，孩子們時而＿＿＿＿；時而＿＿＿＿；時而＿＿＿＿。

5. 元宵市場裏，有人在＿＿＿＿；有人在＿＿＿＿；有人在＿＿＿＿。

6. 球場上，觀眾投入地看球賽，他們時而＿＿＿＿；時而＿＿＿＿；時而＿＿＿＿。

🍰 中階題

二、根據句意，完成排比句。

1. 農曆新年快到了，妹妹＿＿＿＿＿＿；＿＿＿＿＿＿；＿＿＿＿＿＿，大家一起預備過年。

2. 郊野公園裏，有的人＿＿＿＿＿＿；＿＿＿＿＿＿；＿＿＿＿＿＿，齊來享受美好的秋日。

3. 今天是我校的天才表演，同學們有的＿＿＿＿＿＿；＿＿＿＿＿＿；＿＿＿＿＿＿，場面熱鬧極了。

🍉 高階題

三、根據句意，續寫排比句。

1. 春天來了，看着青翠嫩綠的草地；＿＿＿＿＿＿＿＿＿＿＿；＿＿＿＿＿＿＿＿＿＿＿，令人感到心曠神怡。

2. 叔父熱愛我國珍貴的文化遺產，時而＿＿＿＿＿＿＿＿＿＿；時而＿＿＿＿＿＿＿＿＿＿；時而＿＿＿＿＿＿＿＿＿＿，足跡遍布全國。

3. 為了＿＿＿＿＿＿＿＿＿＿；為了＿＿＿＿＿＿＿＿＿＿；為了＿＿＿＿＿＿＿＿＿＿，近年很多人都積極參與長跑運動。

佳句賞析

　　走進母校，看到那古色古香的禮堂，聽到那天真無邪的笑聲，嗅到那清香淡雅的花香，我的腦海裏不禁浮現起小學時期校園生活的種種美好回憶。

　　那是一片純真歡樂的天地，我們在操場奔跑嬉戲；我們在課室裏共同成長；我們在老師的教誨中明白道理。友誼的種子在我們之間紮根。每一個課堂、每一次活動，都令人怀念，永遠留存在我心中。

　　作者以多感官的描述，包括聽覺、視覺和嗅覺，來描寫眼前母校的景象，構成排比句，引發回憶，增強感情。

在修讀音樂期間，允行勤於學習，善於發問，勇於創新，難怪在藝術造詣上突飛猛進。

作者連用三個短語構成排比，讀來音韻鏗鏘，能強調允行的成功因素，加強句子的感染力。

出門的時候，一分一秒在等候升降機裏過去了；

乘車的時候，一分一秒在凝視手機中過去了；

溫習的時候，一分一秒在望天發呆中過去了；

吃飯的時候，一分一秒在夾菜喝湯中過去了；

洗手的時候，一分一秒在流動的水中過去了；

試想想一天之中，有多少分鐘多少秒是白白流過的，沒有把這些分秒好好運用？

作者藉排比句強調人在一天之中，有很多時間是白白流過的，沒有充分利用這些零碎的時間，有力地說明道理。

修辭創作

運用排比，完成以下的日記。

運用排比，完成以下的日記。

十月六日　星期日　晴

　　趁着星期天，我們一家到了開心樂園遊玩。爸媽玩過山車，妹妹＿＿＿＿＿＿；弟弟＿＿＿＿＿＿；我＿＿＿＿＿＿，大家都玩得興高采烈！

　　走着走着，弟弟妹妹異口同聲說：「我肚子餓了！」我們走進樂園的田園餐廳，爸爸吃牛排，媽媽＿＿＿＿＿＿；妹妹＿＿＿＿＿＿；弟弟＿＿＿＿＿＿；我＿＿＿＿＿＿，大家都大快朵頤！

　　吃過午餐後，我們一起看魔術表演，魔術師時而＿＿＿＿＿＿；時而＿＿＿＿＿＿；時而＿＿＿＿＿＿，精彩的表演令觀眾心花怒放，笑聲不斷。

　　我們在開心樂園玩個痛快，流連忘返。直至夕陽西下，我們才依依不捨地踏上回家的路。希望我們一家可以再來到這裏，度過愉快的星期天！

---

④ 反復

快要遲到了！你快起來吧！
快要遲到了！你快起來吧！

我很睏啊，你讓我多睡五分鐘吧！

五分鐘？剛才又説五分鐘後就起來，現在第幾個「五分鐘」了？你這賴牀鬼，快要遲到了！你快起來吧！快要遲到了！你快起來吧！

我很睏啊，我很睏啊，你讓我多睡五分鐘吧！五分鐘！五分鐘！

唉，這重複又重複的對話差不多每天早上都會出現，他們也不自覺地運用了「反復」的修辭手法。

認識反復

一、什麼是反復？

　　反復是為了突出重點，加強語氣和表達強烈的思想感情，重複某個詞語或句子的修辭手法。反復可以分為兩類：

	説明	例子
連續反復	相同的詞語或句子連續出現，中間沒有隔開。	例：我們一直等，一直等，終於等到結果公布的時刻。
間隔反復	相同的詞語或句子重複出現，但中間有其他詞語或句子。	例：班長高聲說：「快來看看啊！我們榜上有名了！快來看看啊！」

　　反復的部分通常是一模一樣的，有時也會加上「真的」等詞語加強語氣。

　例 1：對不起，我不小心弄髒你的皮鞋，對不起！

　例 2：對不起，我不小心弄髒你的皮鞋，真的對不起！

二、反復的作用

　　突出句子的重點，加強語氣和表達強烈的思想感情。

三、修辭辨析

飛機越飛越高，越飛越遠，最後從我們的視野中消失了。

這個句子運用了反復嗎？

這個句子不算是反復，因為反復是指相同的詞語或句子重複出現，而句子中的「越飛越高」和「越飛越遠」並不相同啊！

飛機越飛越遠，最後從我們的視野中消失了。

1. 飛機越飛越遠，最後從我們的視野中消失了，從我們的視野中消失了。

2. 飛機越飛越遠，越飛越遠，從我們的視野中消失了。

如果給這個句子要加入反復手法的話，句子1和句子2哪句比較好？

句子2比較好，因為句子的重點是「飛機越飛越遠」，所以要藉反復來強調。反復的部分不一定在句子的結尾，而是在於句子的重點。

實戰演練

初階題

一、句子中加底線的部分運用了反復，是連續反復的，在 ( ) 內加〇；是間隔反復的，在 ( ) 內加△。

1. 我們奮力地<u>爬啊爬，爬啊爬</u>，竭力向着山頂進發。 ( )

2. <u>太可惜了！</u>這場突如其來的火災把那歷史悠久的牌樓毀於一旦，<u>太可惜了！</u> ( )

中階題

二、在依照例句，改寫句子。

例：考生一打開試卷便不停寫，直至考試結束。

改寫：<u>考生一打開試卷便不停寫，不停寫，直至考試結束。</u>

1. 看到獅子的追捕，小鹿拚命跑，跑到叢林的深處。

_____

_____

2. 吃了嗆鼻的芥末後，叔叔咳個不停，連眼淚也不自覺地流下來。

_____

_____

佳句賞析

午後，賽龍舟終於開始了，河岸兩旁擠滿了看熱鬧的人，他們臉上都流露着興奮的神情。水面上幾艘龍舟都蓄勢待發，每一艘都像一條威風凜凜的巨龍。槍響一響，健兒齊心協力地向前劃去，像軍隊步操般動作整齊一致，鼓手就像指揮家一樣，奮力擊鼓，引領各人的節奏，健兒聽着鼓聲，使出全身力氣，拿着船槳不斷向前划、向前划、向前划，向着終點奮力前進。兩岸的人都在吶喊着：「加油！加油！」，吶喊聲、擊鼓聲，此起彼伏。快要到達終點了，領先的兩艘龍舟像離弦的箭，划得越來越快，划得越來越快。終於分出勝負了，人們都熱烈地拍掌歡呼。

作者運用反復，寫賽龍舟的人「拿着船槳不斷向前划、向前划、向前划，向着終點奮力前進。」強調了他們動作的連續不斷，也渲染了他們奮力前進的決心。作者又以「加油！加油！」、「划得越來越快，划得越來越快。」突顯旁觀者喝采不斷，營造了賽場的熱烈氣氛。

幸福是什麼？
午後的一塊蛋糕
一杯冰紅茶
悠閒地看書種花
就是幸福

幸福是什麼？
餐桌的一碗白飯
幾道家常菜
隨意地談天說地
就是幸福

幸福是什麼？
用心寫一首詩
唱一首歌
和朋友分享快樂
就是幸福

　　詩歌的每一節都以設問開首，「幸福是什麼？」帶出了探討作者要談的主題——幸福，最後以「就是幸福」表達了作者從簡單平凡生活中得到的滿足感，強調幸福就在生活細節中，只要細心品味生活，就能領略到幸福的滋味。

修辭創作

根據情境，運用反復寫作句子。

1. 頌晴參加親友的婚禮，看到新娘穿上雪白的婚紗，美麗動人，不禁讚美起來。

   頌晴

   太美了！新娘穿上雪白的婚紗，

   仿如出塵的仙子一樣美麗動人，

   _____！

2. 一心幫允行購買賣物會的入場門票，可是當她到售票處時，發覺門票已售完，於是發訊息向允行道歉。允行沒有責怪她，馬上發給她一個回覆。

   允行：不要緊，這件事不是你的錯，_____

3. 海軒未能通過駕駛考試，灰心地向好友明心訴說失望之情。

   海軒

   算了吧！我已練習了很久，還是不能通過駕駛考試，看來要放棄了，真的算了吧！

   明心

   _____

   _____

⑤ 設問、反問

噢！妹妹，你快過來！

哥哥，你找我什麼事？

你怎能把所有的曲奇都吃掉？不用問過爸爸媽媽嗎？

曲奇是用來吃的，怎麼不能吃？

你知道什麼是禮讓嗎？禮讓就是守禮儀、不爭奪。你要先問問他們，他們同意你吃，你才可以放心吃掉。

好吧，下次我先問問大家，才全部吃掉吧！

哈，這件事我不便評論，不過你們有留意到他們在對話中運用了設問和反問嗎？

認識設問、反問

一、什麼是設問？

設問是在說話或寫文章時，先提出一個問題，以引起大家的注意和思考，然後由自己來回答所提出的問題，即「自問自答」。

> **例1**：要植物健康生長，最重要的元素是什麼？是陽光、空氣和水。

> **例2**：你知道獼猴桃是什麼水果嗎？它就是奇異果了。

設問一般是自問自答，但有時也會在提出問題後，「問而不答」，目的是引發讀者的思考。

> **例**：要節約能源，我們還可以在日常生活中做些什麼？

二、設問的作用

突出文章的內容，強調自己的看法和觀點，引起讀者的注意和思考。

三、什麼是反問？

反問是故意提出問題，而答案已隱含在問題中，即「明知故問」。反問句中常有「難道」、「怎能」、「不是……嗎？」、「尚且……何況……呢？」等句式。

例 1：他已是小六生了，難道不能自己收拾書包嗎？

句中運用了表示否定的詞語「不能」，來表示肯定的意思，即「他能自己收拾書包」。

例 2：待人有禮不是每個人都要做到嗎？

句中運用了表示否定的詞語「不是」，來表示肯定的意思，即「每個人都要做到待人有禮」。

例 3：糖漿怎會是苦的？

句中運用了表示肯定的詞語「是」，來表示否定的意思，即「糖漿不會是苦的」。

例 4：這本書能深入淺出地講解英語文法，你怎能不看？

句中運用了表示肯定的詞語「能」，來表示否定的意思，即「你不能不看」。

例 5：小朋友都懂得要有公德心，何況是成年人呢？

句中提到年紀幼小的小朋友都懂得要有公德心，因此成年人也必定懂得要有公德心。

反問句跟疑問句不同，是無疑而問，因此若在句中已看到答案或作者的看法，就能確定句子屬反問。

例 1 ：冰皮月餅需要放到冰箱內貯藏嗎？（有疑而問）

例 2 ：冰皮月餅怎會不放到冰箱內貯藏？（無疑而問）

　　理解反問句時，要特別留意肯定詞和否定詞的運用，掌握作者真正的意思。

四、反問的作用

　　議論文中運用反問，能增強語氣，強調自己的觀點和見解。堅定的語氣能增強說服力，引導讀者相信自己的見解，引發讀者深入思考。

　　抒情文中運用反問能達致強化情感的作用，也能提升文句的感染力，引起讀者的共鳴。

五、修辭辨析

1. 古代的小孩子會到學校上學嗎？

2. 現代的小孩子怎會不用到學校上學？

3. 現代的小孩子不用到學校上課嗎？原來有些國家容許小孩子在家接受教育。

這些句子都運用了反問嗎？

要判斷一個句子是不是反問句，首先要看看它是不是「無疑而問」或「明知故問」。句子1，問者似乎對古代的教育制度不太熟悉，因此有疑而問，藉提問了解古代小孩子接受教育的狀況。

噢，那句子1是疑問句。句子2問者似乎肯定現代的小孩子要到學校上學，既用「怎會」的句式，又用否定詞「不用」來表達肯定的意思，應該是「無疑而問」的反問句，目的為了加強語氣。

對，我同意你的看法。那麼句子3呢？

問者提問後，好像提供了答案，是「自問自答」的設問句吧？

對啊，句子3就以自問自答的方式引起話題，然後提供答案。

哈，真有趣！嗯，我有智能機械人在身邊相伴，能不能向學校申請在家接受教育？

你想找機會不用早起，可以名正言順地賴牀吧！

實戰演練

初階題

一、辨別下列句子，是設問句的，在（ ）內加○；是反問句的，在（ ）內加△；是兩者都不是的，在（ ）內加✗。

1. 難道我可以任由大家胡亂批評他嗎？ （ ）

2. 是否只有烏龜才有甲殼？不是的，很多動物都有。 （ ）

3. 那個運動員因意外受傷而無法參加比賽，怎不教人感到惋惜呢？ （ ）

4. 怎樣才能成為一個受人尊重的人？首先要懂得尊重他人。 （ ）

5. 究竟我們要怎樣做，才能有效預防登革熱？ （ ）

6. 你怎麼能把所有責任都推卸給組員？這次專題研習要大家分工合作去完成的。 （ ）

中階題

二、請將以下的詞語排列成通順的句子，並加上適當的標點符號。

1. 不勞而獲 / 世界上 / 難道 / 有 / 嗎 / 以為 / 你

_____

2. 辛勤的 / 把 / 清潔工人 / 誰 / 乾乾淨淨 / 是 / 街道 / 得 / 打掃

_____

三、辨析句義，選出正確的答案。

1. 難道班長不應該把真相告訴老師嗎？
   ○ A. 班長不想把真相告訴老師。
   ○ B. 班長應該把真相告訴老師。
   ○ C. 班長不應該把真相告訴老師。
   ○ D. 班長不知道怎樣把真相告訴老師。

2. 那個戴鴨舌帽的人不就是那位著名的攝影大師嗎？
   ○ A. 無人知道那個戴鴨舌帽的人的身分。
   ○ B. 那個戴鴨舌帽的人很像那位攝影大師。
   ○ C. 那個戴鴨舌帽的人正是那位攝影大師。
   ○ D. 那個戴鴨舌帽的人並不是那位攝影大師。

3. 媽媽怎會因為加班工作而錯過妹妹的舞蹈表演呢？
   ○ A. 媽媽不想出席妹妹的舞蹈表演。
   ○ B. 媽媽將會出席妹妹的舞蹈表演。
   ○ C. 媽媽認為加班工作比出席妹妹的舞蹈表演重要。
   ○ D. 媽媽因為加班工作而無法出席妹妹的舞蹈表演。

4. 人類能夠到達海洋的最深處嗎？當然不能，海牀深不見底！
   ○ A. 海牀的深度有限。
   ○ B. 海牀距海平面很深。
   ○ C. 人類可以到達海洋的最深處。
   ○ D. 人類無法到達海洋的最深處。

佳句賞析

　　沉迷上網對青少年的健康會有什麼影響？首先會影響健康。長時間無節制地玩電腦遊戲會影響視力，令近視、散光加深。而且在學校上課已坐了大半天，空餘時間還不用來做運動，造成缺乏運動，筋骨得不到適當的舒展。

　　作者藉設問引起讀者的注意，帶出自己的觀點，沉迷上網會影響青少年的健康。議論文中，常用設問來引起話題，提出自己的見解。

　　有些人每做一件事，每學一種技能，只要過程中有困難或挫折，或者感到勞累，便會半途而廢。這種半途而廢的態度難道還會得到成功嗎？

　　作者藉着反問，強調半途而廢的態度必會帶來失敗，加強語氣。

　　議論文中，常用反問來增強語氣，強調自己的觀點和見解。

修辭創作

一、根據情境，寫作設問句。

> 我要向同學介紹硬筆書法這項嗜好。我覺得學習硬筆書法能改善字體。學好的訣竅是多練習，多觀摩名家的佳作。

請為思賢在講稿上構思兩個設問句。

大家好，今天我要向大家介紹我的愛好——硬筆書法。

_____

_____

_____

_____

二、根據情境，寫作反問句。

情境 1：
一心擅長數學，我知道這道數學題難不到她。

_____

情境 2：
昨天你告訴我今天要到公園跑步，卻遲遲不行動。

_____

⑥ 誇張

熱死人了！熱死人了！

外面好熱啊，我們由巴士站走過來，被太陽曬得要融化了！

真誇張，有那麼熱嗎？

哼，你坐在這裏享受涼風，喝着冰飲，當然不曉得外面有多熱！

其實我剛從外面回來不久，只不過我天生有智能降溫功能，所以……

如果科學家能把你這個功能轉移成一件降溫衣或一柄降溫傘給我們就好了……

認識誇張

一、什麼是誇張？

誇張是特意意誇大或縮小事物的形象、數量、特徵、作用、程度等，以突出描寫對象的特點。

誇張可分為以下三類：

❶ 擴大誇張

對事物的形狀、性質、特徵、作用、程度等加以誇大。

> **例**：他家的冰箱堆滿食品，一家人連續吃三個月也吃不完。

❷ 縮小誇張

對事物的形象、性質、特徵、作用、程度等加以縮小。

> **例**：那房間真的狹小，只有手掌般大小。

❸ 超前誇張

把後出現的說成先出現，或把前後出現的事情說成是同時發生。

> **例**：我們還未進場，已能感受到會場人山人海的熱鬧氣氛。

對某個事物進行擴大或者縮小的描述，但不是毫無邊際沒有原則的，不同於説大話，而是藝術上的擴大或縮小。

例：他的家比地球還要大。

建築在地球上的居所是不可能比地球本身還大，這個句子過於脫離現實，未能好好運用誇張法。若果換成「他的家大得可以在裏面連翻幾個筋斗」，較能做到藝術上的擴大，突出他家面積大的特點。

二、誇張的作用

突出事物的特點，令事物的形象更鮮明和生動，烘托氣氛，加強感染力，也能加深讀者的印象，引發聯想。

三、修辭辨析

1. 她手中鑽戒閃着耀目的光芒，讓人久久睜不開眼睛。
2. 太陽在上空直射下來，我抬頭一看，久久睜不開眼睛。

這兩個句子都是運用了誇張嗎？

回答你的問題前，不如我們想想這兩句所說的情況是否符合實際，如果不符實際，就是運用誇張了。

句子 1 提到戒指上的鑽石很耀眼，但那種光芒如按道理來說應該不會令人長時間睜不開眼睛吧，由此可推斷這句子是運用了誇張！

說得不錯！句子 2 呢？

句子 2 提到太陽在上空直射下來，太陽的光線非常猛烈，如果抬頭去看，真的會令人長時間睜不開眼睛，老師也教過我們不要直接注視太陽，以免損害視力。這句子符合實際生活，應該不像是運用誇張。

說得好，你已解答了自己剛才提出的問題！

我懂了，判斷是否使用誇張，就看是否符合事實。

實戰演練

初階題

一、辨別下列句子，是誇張句的，在（　）內加 ✓；不是的，在（　）內加 ✗。

1. 只是一眨眼之間，他已經在運動場跑了十圈。　　　　　　（　）

2. 那綽號「飛魚小姐」的泳手在比賽中有超水準表現，打破了世界紀錄。　　　　　　　　　　　　　　（　）

3. 一日不見，如隔三秋。　　　　　　　　　　　　　　　（　）

4. 爺爺對孫兒說：「我年紀老邁，吃的鹽巴比你吃的米飯多。」　　　　　　　　　　　　　　　　　　（　）

5. 叔叔住在離島，乘船的機會比乘車還要多。　　　　　（　）

6. 他整天不停在農田耕作，晚餐時餓得連吃三碗大飯。（　）

7. 他口渴極了，渴得整條小溪的水也能喝掉。　　　　（　）

中階題

二、在括號內填上代表答案的英文字母，配對誇張句。

1. 雨下得又大又密，（　）。　　A. 安靜得一根羽毛掉下也能聽見

2. 著名作家來我校演講，（　）。　　B. 我的耳膜都快要被震穿了

3. 試場非常安靜，（　）。　　C. 站在頂樓都可以摘到星星了

4. 這座樓房高聳入雲，（　）。　　D. 天空快要塌下來了

5. 天上的雷聲轟隆作響，（　）。　　E. 我們走一輩子都不會走得完

6. 山路又長又曲折，（　）。　　F. 禮堂擁擠得連一根針也插不下

🍉 高階題

三、辨析句義，選出正確的答案。

1. 水仙花開得正盛，香氣即使十里之外也聞到。
   - ○ A. 水仙花的香氣濃得過分。
   - ○ B. 方圓十里都開遍水仙花。
   - ○ C. 水仙花正茂盛地綻放，香氣濃郁。
   - ○ D. 水仙花的香氣要十里之外才能聞到。

2. 新晉歌手出場表演了，她的心跳聲大得全場觀眾都聽得見。
   - ○ A. 新晉歌手的心跳聲很大。
   - ○ B. 新晉歌手的表演富感染力。
   - ○ C. 新晉歌手在表演前感到緊張。
   - ○ D. 新晉歌手在表演前從容不迫。

3. 表哥的手掌像鋼鐵一樣，一掌就把那些瓦片打碎了。
   - ○ A. 那些瓦片很脆弱。
   - ○ B. 表哥的力氣很大。
   - ○ C. 表哥的手掌比一般人硬。
   - ○ D. 表哥表演以手掌擊破瓦片。

4. 班長火速跑到布告欄前，想看看班際秩序比賽的結果。
   - ○ A. 班長是賽跑高手
   - ○ B. 班長希望盡快看到賽果。
   - ○ C. 班長正在處理緊急的任務。
   - ○ D. 班長對比賽的結果欠缺興趣。

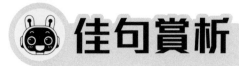

佳句賞析

《秋浦歌》節選　（唐）李白

白髮三千丈，緣愁似個長。

　　詩句的意思是「白髮長達三千丈，是因為愁思才長得這樣長」。古人認為人憂愁就會生出白髮，白髮長達三千丈，可想而知會有多少深重的愁思。有「詩仙」之稱的唐代著名詩人李白想象力極為豐富，能想出這意境奇幻的句子，不能不使人驚歎他的創造力。

《將進酒》節選　（唐）李白

君不見，黃河之水天上來，奔流到海不復回。君不見，高堂明鏡悲白髮，朝如青絲暮成雪。

　　這也是李白的作品，詩句意思是「你看不見嗎？黃河的水從天上傾瀉下來，一直奔流到大海，永不回頭。你看不見嗎？在那高大的廳堂上，有人對着明亮的鏡子，為頭上的白髮而悲傷，早

上還是烏黑的頭髮，到傍晚就變成雪一般白了。」

一開首先寫黃河之水自天上而來的，誇張地形容河水的浩瀚，而頭髮由早上的烏黑，到傍晚就變成雪白，也是誇張的手法，突出了時間的飛逝，青春一去不返。

校工萍姐工作勤快，做事認真負責。全校師生提起她都讚不絕口。記得有一次，狂風吹得操場落葉滿地。只是一眨眼的時間，她已經把所有落葉掃走，操場馬上回復整潔。

作者運用誇張法，以「一眨眼的時間」形容萍姐在很短時間內把落葉全部掃走，突出她工作勤快的特質。

修辭創作

根據提示，運用誇張為幾位古代商人創作標語。

1. 刀匠在賣菜刀。 （擴大誇張）

刀匠：_____

_____

2. 布行東主在賣絲綢。 （縮小誇張）

布行東主：_____

_____

3. 酒莊莊主在推銷自家釀造的酒。 （超前誇張）

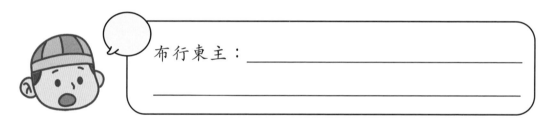

酒莊莊主：_____

_____

⑦ 對比

我覺得現在好看一點！

我覺得以前好看一點！

你們在說誰好看一點？

哈哈，我們不是說誰好看一點，我們在討論表哥的房間裝修前後，哪個樣子更好看。

讓我說明一下，表哥的房間裝修前，牆壁貼着藍天白雲的牆紙，睡牀、書桌、衣櫥以小船為主題，飾有船錨、海浪的圖案。

裝修後，他的房間走簡潔的路線，牆壁塗上灰色，睡牀、書桌、衣櫥全是黑白配的。

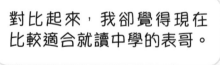

感覺和以前的風格分別很大！

對啊，我覺得以前色彩鮮明，比較好看。

對比起來，我卻覺得現在比較適合就讀中學的表哥。

認識對比

一、什麼是對比？

對比是把兩種不同事物或者同一事物的兩個方面，放在一起相互比較的修辭手法。

> **例 1**：年輕人愛期盼未來的日子，老年人卻愛回顧過去的歲月。
>
> **例 2**：我們到石澳泳灘遊玩，烈日下踏在沙灘上，沙粒熱得燙腳；泡在海水裏，海水的涼意沁人心脾。

例 1 把年輕人和老年人的愛好作出對比；例 2 把沙粒的燙熱和海水的冰涼作出對比。兩個例子都是把兩種不同的事物作出比較。

> **例 3**：他年輕時愛聽激昂澎湃的音樂，現在步入中年卻愛聽悠揚抒情的歌曲。
>
> **例 4**：夏天時，石澳泳灘擠滿了泳客，人山人海；冬天時，泳灘空無一人，冷冷清清。

例 3 把同一個人年輕和中年時期的音樂口味作對比；例 4 把同一個泳灘在夏天和冬天的情況互相比照。兩個例子都是把同一事物的兩個方面放在一起相互比較。

- 對比的兩種事物或同一事物的兩個方面，應該有互相對立的關係，否則是不能構成對比的。
- 對比的兩個部分是不分主次的，即兩個事物的重要性相等，沒有主要和陪襯的分別。（詳情請參考下一章「襯托」。）

二、對比的作用

能突出事物的特質，使事物的特徵清楚分明，優劣互見。

能通過突出事物之間的對立面表達強烈的感情，加強感染力，也能增強說話的氣勢，給人一氣呵成的感覺。

三、修辭辨析

1. 這兩父子差別真大：爸爸勤儉節約，兒子卻奢侈浪費。
2. 陳先生一向勤儉節約，想不到他的兒子比他更克勤克儉。
3. 對於應否出國留學，陳先生和他的兒子的看法截然不同。

這些句子都運用了對比嗎？

你覺得這些句子全都用了對比？

讓我想想，句子1把兩父子的不同作風作比較，應該是對比句吧。

對啊！那麼句子2呢？

你剛才說過要判斷一個句子是不是對比句，要看看它是不是有互相對立的關係。句子2比較了陳先生和他兒子勤儉的習慣，但他們的習慣不是互相對立的，不是對比句。

同意！那麼句子3呢？

句子3提到陳先生和他的兒子對出國留學有不同的看法，但句子沒有清楚比較他們的看法有沒有構成互相對立的關係，那應該不算對比句？

對啊，我同意你的看法。只要你掌握了對比句的特點，就能輕鬆地辨析句子了！

實戰演練

初階題

一、辨別下列句子，是對比句的，在（ ）內加 ✓；不是的，在（ ）內加 ✗。

1. 夏天天氣炎熱，雪糕店人山人海；冬天氣候寒冷，火鍋店客似雲來。 （ ）

2. 外婆年幼時住在廣州，長大後隨父母移居到香港。 （ ）

3. 樂觀豁達的人心滿意足，悲觀的人愁眉不展。 （ ）

4. 離鄉背井，他憶記故鄉的風光，記掛昔日的朋友，掂念家裏的長輩。 （ ）

5. 這地方的天氣變幻莫測，早上風和日麗，下午卻突然下起傾盆大雨。 （ ）

6. 虛心使人進步，謙虛使人得益。 （ ）

中階題

二、選出正確的答案，構成對比句。

1. 初入學時，大家稚氣未脫，天真爛漫；轉眼六年過去了，
   ○ A. 大家都長高不少，面容成熟。
   ○ B. 大家都漸變成熟穩重，有大將之風。

2. 他們兩兄弟的性格迥然不同：哥哥好動外向，衝動魯莽；
   ○ A. 弟弟文靜內向，冷靜謹慎
   ○ B. 弟弟嚴肅認真，不苟言笑。

3. 金錢可以滿足人們的生活所需，
   ○ A. 卻無法填補寂寞空洞的心靈。
   ○ B. 卻無法帶來奢華的生活享受。

4. 勤奮自律會助你邁向成功，
   ○ A. 懶惰自私會令你走向失敗。
   ○ B. 懶惰放縱會令你走向失敗。

🍉 **高階題**

三、在括號內填上代表答案的英文字母，完成對比句。

> A. 進入社會後漸變開朗大方。
> B. 踏入中年勤儉持家，節約開銷。
> C. 午間休息時默不作聲。
> D. 假日卻擠滿了客人。
> E. 回答提問時滔滔不絕。
> F. 假日卻人煙稀少。

1. 平日這裏車水馬龍，（　　）。

2. 他推銷貨品時口若懸河，（　　）。

3. 平日這商場門庭冷落，（　　）。

4. 他聆聽老師講課時沉默不語，（　　）。

5. 他少年時買奢侈品，胡亂揮霍，（　　）。

6. 她年少時害羞靦腆，（　　）。

市政大廈的二樓設有熟食中心，除了經典的中式小炒外，還有泰國菜、尼泊爾菜、意大利菜等，食客圍桌而坐，吃飯談天，到處鬧哄哄的，這裏真是一個親朋共聚的好去處。

從熟食中心乘扶手電梯登上三樓，卻別有洞天——一個愛書人的好去處——公共圖書館，除了一般的圖書和報刊閱覽室外，還有專為青少年和兒童而設的閱讀區域，以及多媒體視聽室，不同年齡的讀者各自坐在喜愛的角落，沉醉在書香中。

作者先寫熱鬧的熟食中心，然後寫充滿書香的圖書館，一動一靜，作出有趣的對比，也突出了市政大廈的兼容並蓄，包羅萬象。

　　總括來說，一個人如果有決心和毅力就不會怕困難，即使失敗也會不斷嘗試，成功就會指日可待。相反，如果沒有決心和毅力，一遇到困難便垂頭喪氣，不努力解決難題，便會和成功擦身而過。

　在這篇文章裏，作者以對比總括全文：有決心和毅力能邁向成功，相反沒有決心和毅力的話就注定失敗，由此突顯了決心和毅力的重要。

　　面對狂風暴雨，花兒雖然嬌美可人，卻不堪一擊，花瓣在風吹雨打下散滿一地；小草雖然平凡不起眼，卻絲毫不畏懼，把風雨當成是洗禮。在成長路上，你想做哪一位？

　作者把花兒的脆弱怯懦和小草的勇敢堅毅構成鮮明對比，藉此勉勵在成長路上的年輕人要果敢勇毅地面對挑戰。

修辭創作

根據情境，寫作對比句。

1. 你有一位同學要轉校了，請在他／她的紀念冊下寫上你的感言，以對比手法寫出從一年級到現在，他／她給你的印象。

> _____：
>
> 日子過得飛快，從一年級到現在，我們已是認識多年的好同學。離別在即，我們相處的片段也一幕幕浮現在我的腦海裏。這幾年間，你的轉變真大！記得一年級時，_____
>
> _____。
>
> 到了現在，_____
>
> _____。
>
> 無論是從前的你，還是現在的你，都深印在我的腦海裏，成為我小學生活的寶貴回憶。

2. 你居住的地區在過去十年、二十年或三十年間有什麼變化？試和一位鄰居傾談，把他／她對社區的印象記下來。

> 我的鄰居_____已在這區居住了_____年，看着社區的變化。_____年前，這裏_____
>
> _____。
>
> ；到了現在，_____
>
> _____。

8 對偶

哥哥，剛才電視劇集完結前那個古裝大俠說了句話，什麼「馬吃人參」的？

人參？啊，我想起了，他說：「路遙知馬力，日久見人心。」「人心」不是藥材那種人參，是人的心啊！

噢，人的心……這句是什麼意思？

這句話是說「路途遙遠才能知道馬的力氣大小，日子長了才能看出人心的好壞」，那個大俠藉這句話來表達自己終於看清楚那個劍客原來心懷不軌，想對他不利。

原來那個劍客是壞人！

哥哥，你解釋得真好，考考你，「路遙知馬力，日久見人心」這句話用了什麼修辭手法？

是對偶！

答對了！

認識對偶

一、什麼是對偶？

　　對偶是把兩個字數相等，詞性結構相同，意思相關的語句，對稱地排列在一起。

> **例如**：春種一粒粟，秋收萬顆籽。（李紳《憫農》）

春秋	種收	一萬	粒顆	粟籽
名詞	動詞	數詞	量詞	名詞

　　詩人寫春天播下一粒種子，因此秋天有豐富的收成，上句和下句不但字數相等，意思相關，而且詞性結構相同，「春」與「秋」名詞相對，「種」與「收」名詞相對，「一粒」與「萬顆」數量詞相對，「粟」與「籽」名詞相對，讀來節奏感強，易於記誦。

	說明	例子
正對	上下兩句意思相似，內容互相補充。	海闊憑魚躍，天高任鳥飛。 意思是大海遼闊，任憑魚兒躍動；天空高遠，任憑鳥兒飛翔。
反對	上下兩句意思相反，對比鮮明。	談笑有鴻儒，往來無白丁。（劉禹錫《陋室銘》） 意思是到這裏和我談笑的都是知識淵博的大學者，與我交往的沒有知識淺薄的人。

	説明	例子
串對	又稱為「流水對」，上下兩句內容連貫相承，構成因果、承接等關係。	山中一夜雨，樹杪百重泉。（王維《送梓州李使君》） 意思是說在山中下了一夜雨之後，樹梢上像流着幾百道泉水。

對偶由兩句組成，上下兩句必須整齊、勻稱，對比則沒有這項要求。

二、對偶的作用

對偶內容相關，互相映襯，營造諧和感。

形式整齊，呈現對稱美，朗讀時節奏鏗鏘，營造節奏感。

三、修辭辨析

1. 平日，他匆匆忙忙地趕上學；假日，他悠閒地留在家裏休息。

2. 旭日東升，工人們朝氣蓬勃地出門；夕陽西下，工人們精疲力竭地回家。

3. 早上，她愛喝一杯香濃的咖啡；中午，她愛喝一杯冰涼的果汁；晚上，她愛喝一杯溫熱的牛奶。

考考你，這些句子都是運用了對偶嗎？

看來很難啊！

你一邊看一邊想想對偶的要求，就很容易解決了。

讓我試試，句子1把平日和假日的生活作比較，但上下兩句字數不相等，詞性結構也不相同，應該不是對偶句，是對比句吧。

對啊！那麼句子2呢？

句子2把日出和日落時工人的活動情況作了鮮明的對比，而且上下兩句字數相等，詞性結構也相同，應該是對偶句吧。

同意！那麼句子3呢？

句子3有三個結構相似的句子，看來不是對偶句，應該是排比句，對嗎？

對啊，分析得不錯。看來你初步掌握了對偶句的特點，恭喜！恭喜！

實戰演練

🍬 初階題

一、辨別下列句子，是對偶的，在（　）內加 ✓；不是的，在（　）
　　內加 ✗。

1. 一日不見，如隔三秋。　　　　　　　　　　　　　　　（　）

2. 燈不撥不亮，理越辯越明。　　　　　　　　　　　　　（　）

3. 各家自掃門前雪，莫管他人瓦上霜。　　　　　　　　　（　）

4. 有意栽花花不發，無心插柳柳成陰。　　　　　　　　　（　）

5. 逢人且說三分話，未可全拋一片心。　　　　　　　　　（　）

6. 男兒有淚不輕彈，只因未到傷心處。　　　　　　　　　（　）

7. 花開富貴千祥集，竹報平安百瑞臻。　　　　　　　　　（　）

8. 兩個黃鸝鳴翠柳，一行白鷺上青天。　　　　　　　　　（　）

🍰 中階題

二、選出正確的答案，構成對偶句。

1. 親近氣度恢弘高尚士，
　　○ A. 靠近心胸廣濶快樂人。
　　○ B. 遠離心胸狹窄低俗輩。

2. 單絲紡不出堅韌縫線，
　　○ A. 獨木栽不成茂密樹林。
　　○ B. 雙木種不成繁盛大樹。

3. 誠實直言，贏得朋友信任。
　　○ A. 堅毅前行，取得旁人尊敬。
　　○ B. 溫文爾雅，取得別人關懷。

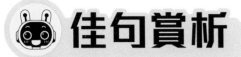

佳句賞析

　　「謙受益，滿招損」是中國傳統的一句古訓，意思是說，謙虛的人會受到益處，自滿的人會招來損害。當一個人自滿時，自以為是，不但聽不進別人的勸告，甚至會輕視他人的建議，於是無法再有所長進；相反，當一個人謙虛時，他能誠心誠意地請教別人，虛心地接納他人的意見，就能改進自己，取得進步。

　　作者引用了古訓「謙受益，滿招損」，運用對偶中的「反對」，使人容易記誦。作者解釋這句古訓時也運用對偶中的「反對」，「謙虛」對「自滿」，「受到益處」對「招來損害」，以對稱的詞句帶出謙虛的重要。

　　當三更燈火五更雞，正是男兒讀書時。
　　黑髮不知勤學早，白首方悔讀書遲。

　　從結構上看，三、四句為對偶句，「黑髮」代表少年，與代表老年的「白首」前後呼應，「不知勤學早」對「方悔讀書遲」，強調不趁年輕好好學習，到了年紀大了就會後悔莫及，藉此帶出要愛惜光陰，把握時機努力學習的道理，給讀者留下深刻的印象。

修辭創作

根據情境，創作對偶句。

1. 為建築工地創作標語，推廣工業安全。

2. 為月餅廣告創作標語。

3. 為敬師日創作標語。

9 反語

我剛才等電梯時聽到一些奇怪的話。

什麼奇怪的話，説來聽聽！

有個媽媽對兒子説：「我昨晚提醒了你收拾書包，結果你忘了帶手冊、中文課本和美術袋回校，你真是太細心了！」我聽了一頭霧水，兒子什麼都忘了帶，怎算得上細心啊！

哈哈，那麼那個兒子怎樣回應？

他馬上説「謝謝你讚賞我。」

嘻嘻，你和那個兒子都聽不出媽媽話中的玄機！

玄機？什麼是玄機？

你別笑妹妹，讓我好好解釋一下吧！那位媽媽口裏説「細心」，其實是説反話，真正的意思是説兒子「不細心、粗心大意」！

哦，我明白了！把話反過來説，真有趣！

認識反語

一、什麼是反語？

反語即「說反話」，故意令表面意思與實際意思相反的修辭手法，能產生諷刺或幽默的效果，並引起讀者的深思。

示例一

「你放學回家沒洗手就拿餅乾吃，真衞生！」媽媽沒好氣的說。

句中的「真衞生」是反語，媽媽的真正的意思是說「你」沒洗手就拿餅乾吃，是不合衞生的行為。

示例二

那個侍應沒有把湯汁濺在我們身上，已經是相當有禮貌了。

句中的「相當有禮貌」是反語，真正的意思是說那個侍應的服務不周到，也不夠禮貌，只差沒有把湯汁濺在食客身上。

示例三

姑母和姑丈到訪時，我竟然忘記奉茶給他們，想來我真尊敬長輩！

句中的「尊敬」是反語，真正的意思是說自己忘記奉茶給姑母和姑丈，是輕慢長輩的行為。

平日説話時，要注意反語的運用會否令人誤會自己咄咄逼人，或語氣過於尖刻，惹人反感。

二、反語的作用

可以在文章中或話語中產生強烈的諷刺效果，或表達憤慨的感情，也能使語言風趣幽默，引人深思。

三、修辭辨析

1. 「小霸王」真是聲名鵲起，天下聞名，同學聽到他的名字，都躲得遠遠的，連每位老師提起他名字都搖頭歎息。

2. 這位體壇新秀在國際大賽中大放異彩，不但在個人賽事中取得銀牌，更協助國家隊在團體賽中衛冕金牌，立時聲名鵲起，舉世聞名。

這些句子都運用了反語嗎？

要辨別這些句子是否運用反語手法，要仔細想一想句子的真正意思。請你試試看！

好，我試試看，句子1「小霸王」的同學聽到他的名字會躲得遠遠的，連每位老師提起他名字都搖頭歎息，説明他的聲譽不太好，因此「聲名鵲起，天下聞名」應該是反語。

對！那麼句子2呢？

句子2中那位體壇新秀在國際大賽中取得優異成績，立時聲名大噪，舉世聞名，因此這一句應該沒有運用反語。

你對句子的意思掌握得很清楚，做得真好！

我學會了反語！太好了！

實戰演練

初階題

一、選出運用反語的句子在□中加 ✓。

1. A. 你把喜歡吃的食品留給爸爸，果然是個孝順的孩子！ □
   B. 你把不喜歡吃的食品留給爸爸，果然是個孝順的孩子！ □

2. A. 他竟然拿出十塊糖果説要分給全班同學吃，真濶綽！ □
   B. 他竟然拿出十塊糖果説要分給全班同學吃，真吝嗇！ □

3. A. 那家超市的空調壞了，職員馬上拿出移動式冷氣機來取代，真懂得靈活變通。 □
   B. 那家超市的電子收費系統故障了，就關門不營業，真懂得靈活變通。 □

4. A. 演講還未完，那些觀眾一直在台下交頭接耳，未免對嘉賓太尊重了吧！ □
   B. 演講還未完，那些觀眾一直在台下交頭接耳，未免對嘉賓不夠尊重了吧！ □

5. A. 這張預習工作紙真是太簡單了，我只花了整整一天時間完成。 □
   B. 這張預習工作紙真是太深奧了，我花了整整一天時間才能完成。 □

6. A. 這個自修室真是太嘈吵了，我可以清楚地聽到隔壁的工地施工的聲音。 □
   B. 這個自修室真是太安靜了，我可以清楚地聽到隔壁的工地施工的聲音。 □

🍉 高階題

二、試在下列句子中運用反語的字詞下畫上橫線，然後在 _____ 上寫上它們真正表達的意思。

1. 他認真向學，明天要考試了，還是整天機不離手。 _____

2. 明天是開學日，他現在才開始做暑期功課，實在勤奮。 _____

3. 我們餐廳的營業時間尚餘五分鐘，請各位顧客慢慢享用吧！ _____

4. 每逢賽馬日，我就在房間裏享受着鄰居伯伯收看賽馬直播時竭力打氣的聲浪。 _____

5. 原來他把那些盆栽放在陰暗角落整整兩個月，怪不得它們長得那麼茁壯。 _____

6. 他連一張紙也捨不得借給同學，真是大方。 _____

7. 他在餐廳工作了三小時，就打破了十多隻盤子，真身手不凡！ _____

8. 他果然伶牙俐齒，拿着講稿唸了半天，也沒有人明白他想說什麼。 _____

　　行李太多了，得向腳夫行些小費，才可過去。他便又忙着和他們講價錢。我那時真是聰明過分，總覺他說話不大漂亮，非自己插嘴不可。他囑我路上小心，夜裏要警醒些，不要受涼。又囑託茶房好好照應我。我心裏暗笑他的迂；他們只認得錢，託他們直是白託！而且我這樣大年紀的人，難道還不能料理自己麼？唉，我現在想想，那時真是太聰明了！

朱自清《背影》

　　「聰明過分」是反語，作者真正的意思是說自己「愚蠢過分」，沒有領略父親的好意，還嫌他說話不當，作者通過反語流露出自責和悔疚的感情。「真是太聰明」也是反語，作者真正的意思是說自己「真是太愚蠢」，當時的他不但不感激父親的照顧，還暗笑父親想法古板、不合時宜，作者通過反語表達因當時不明白父親的苦心而感到強烈的自責和悔疚。

　　黃昏的餘暉把半邊天空染成金黃，我在斗室那小小的廚房裏炒了一小碟香蔥炒蛋，然後拿出一雙筷子，一隻碗，一個杯子。盛了飯，添了茶，有電視的畫面和聲音伴着我吃晚飯，每天晚上都這樣熱鬧。

　　句中的「熱鬧」是反語，作者真正的意思是說家裏每天晚上都這樣「冷清」，只有一個人吃飯，要靠電視陪伴自己，流露出孤單的感情。

　　我這位侄兒整天躲在房裏打電動，失業了大半年，我問他打算何時找工作，他一臉茫然地說不知道，又從不做家務，一日三餐都得靠我兄嫂照料，更遑論要他照顧父母了，他都快三十歲了，思想果真成熟！

　　句中的「成熟」是反語，作者真正的意思是說侄兒思想「幼稚」，沒有好好找工作，也沒有自立的能力，仍要靠父母照顧，作者藉反語流露出無奈和失望之情。

你學會了嗎？

修辭創作

根據情境，運用反語造句。

根據情境，運用反語造句。

情境一：媽媽給了哥哥一包巧克力，他卻連一塊巧克力都捨不得給妹妹。

媽媽說：

_____

_____

情境二：允行胡里胡塗地相信騙子的話，被騙去金錢。

我對一心說：

_____

_____

情境三：新來的麵包學徒第一天上班，他工作時不專心，結果整個上午只做了幾個麵包。

麵包師傅對老闆說：

_____

_____

⑩ 引用

最近，我們班上有些同學偷偷在即時通訊應用程式上互相抄功課，結果被老師發現了。

噢，老師有沒有重罰他們？

老師説了一個很有意思的名言來教訓他們，這句名言是「勿以善小而不為，勿以惡小而為之。」意思是不要因為好事微不足道而無心去做，也不要以為是小小的壞事就放膽去做。

我明白了，老師叫他們不要以為抄功課只是輕微的過錯就大着膽子去做，想藉着這句話來勸他們改過。

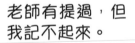

老師引用的話真有意思，你知道這話的出處嗎？

老師有提過，但我記不起來。

這句話據説是三國時代蜀漢的君主劉備逝世前告誡兒子劉禪的話，原句為：「勿以惡小而為之，勿以善小而不為」。此話目的是勸勉劉禪多做好事，後來明代的大學問家朱熹調動了先後次序，收入了《朱子家訓》內，一直流下來。

認識引用

一、什麼是引用？

引用是運用名人的話語、格言、成語、諺語、典故等來加強表達效果的一種修辭手法。

引用可以分為明引和暗引兩類：

	說明	例子
明引	明確指出引文的出處或作者，原文引錄，並用引號標示出來。	論語：「三思而後行。」我們做事前清楚考慮後果，不要衝動行事。
暗引	不注明出處，不以引號標示，而把引用的文字融入自己的文句之中。	我們應該慶幸自己有能力幫助別人，皆因施比受更有福。

我們必須對引用的語句有充分的理解，才能用得恰當，提升表達效果，否則運用不當，不但無法幫助表達，更會弄巧成拙，影響到文意的表達。

二、引用的作用

- 加強文章的說服力，令讀者信服。
- 使語言簡潔精練，含蓄典雅。

三、修辭辨析

1. 説起愛迪生，除了想起他偉大的發明，還有一句眾所周知的名言：「天才是百分之一的靈感和百分之九十九的汗水。」

2. 每個人都渴求成功，但想得到成功就要付出努力，一分耕耘，一分收穫，怎可能期望不勞而獲呢？

3. 週會上，一心對全校同學説：「這次我參加創意發明比賽的得獎作品，意念主要來自我平日對生活的觀察，然後對應人們的需要，動手做出這項小發明。」

這些句子都運用了引用嗎？

要辨別這些句子是否運用引用手法前，先要掌握引用的定義，引用的話語應是名人或專家的言論，目的是借助專家和權威的觀念令文章內容更可信，加強説服力，使讀者接受和信服。

我明白了，句子 1 引用愛迪生的話，是明引。

句子 2 引用了「一分耕耘，一分收穫」這句耳熟能詳的諺語，但沒有明確注明出處，也不以引號標示，應該屬於暗引。

句子 3 只是引述了一心的話，由於這話不屬於名人或專家的言論，因此不算是引用的修辭手法。

實戰演練

初階題

一、辨別下列句子，是引用的，在（　）內加 ✓；不是的，在（　）內加 ✗。

1. 老師說：「明天帶『戶外參觀紀錄冊』。」 （　）

2. 走進江南水鄉周莊，看到小橋流水，我才真正領略到這個有「中國的威尼斯」之稱的小鎮的美態。 （　）

3. 「好言三冬暖，惡言六月寒。」，我們說話前要考慮別人的感受，不要出言不遜。 （　）

4. 叔叔長得高大魁梧，滿臉鬍子，活像《三國演義》裏的張飛。 （　）

5. 「病從口入，禍從口出。」，我們未弄清事情的始末時，還是不要隨便評價吧。 （　）

中階題

二、辨別下列句子，是引用的，在 ＿＿＿ 上寫上「明引」或「暗引」；不是的，在 ＿＿＿ 上加 ✗。

1. 「宜未雨而綢繆，毋臨渴而掘井」，我們年輕時就要儲蓄所需，為年老生活作好準備。 ＿＿＿＿

2. 親身目睹壺口瀑布的雄壯氣勢，我方明白到黃河之水天上來的氣勢。 ＿＿＿＿

3. 請你們把每天的心情和感受寫進「心情日記」裏，然後重溫這本日記辨識自己的思考習慣，了解自己的情緒，培養更積極的想法。 ＿＿＿＿

4. 學校舉行火警演習，就是要培養我們居安思危的想法和應變的態度，當遇到緊急情況時，才能沉着應付。 ＿＿＿＿＿＿

5. 我們不但要把先賢哲人的話語銘記於心，還要實踐在生活上，才算真正領略到他們的智慧。 ＿＿＿＿＿＿

🍉 **高階題**

三、根據句意，選出適當的引用部分，在括號內填上代表答案的英文字母。

> A. 坐這山，望那山，難怪會一事無成
> B. 「記人之長，忘人之短」
> C. 寶劍鋒從磨礪出，梅花香自苦寒來
> D. 孔子説：「三人行，必有我師焉。擇其善者而從之，其不善者而改之。」
> E. 論語有云：「己所不欲，勿施於人。」
> F. 繩鋸木斷，水滴石穿

1. （　）我們應勇於向身邊的人請益，取長補短。

2. （　）我們不應該做出沒有公德的行為，滋擾他人。

3. 他一會説要學音樂，一會又説學設計，（　）。

4. 宋代的司馬光埋頭苦幹十九年，終於（　），完成《資治通鑒》這部著作。

5. 人無法十全十美，我們應該多欣賞別人的長處，不要老盯着缺點。唐朝著名詩人張九齡説（　）。

6. （　），面對耳疾的挑戰，貝多芬沒有屈服，以不屈不撓的精神譜寫了著名的《第九交響曲》。

佳句賞析

　　創新的想法能突破固有的框限，推動嶄新的發明，帶來科技的進步。蘋果電腦的創始人喬布斯曾說過：「微小的創新可以改變世界。」在他創造蘋果手機的過程中，他銳意創新，求取進步，不拘泥於傳統的理念和想法，結果只有一個按鍵的蘋果手機憑空面世，為手機設計帶來了劃時代的突破。

　　作者以喬布斯的話，強調創新的想法能帶來科技上的突破和進步，藉引用名人的話語，加強說服力，強化自己的論點。

　　明月悄悄高掛在樹梢上，我抬頭望向月兒，心裏掂掛著故鄉的外婆。雖然未能和外婆一起共度中秋，但我藉着視像通訊和她談笑，祝願她節日愉快，平安健康。「但願人長久，千里共嬋娟」，即使我們相隔千里，也能共享這美好的月光。

　　作者在中秋節掛念外婆，看着明月時想到即使相隔千里，也能一起欣賞美好的月光，這份情懷，正好與蘇軾《水調歌頭》的內容相呼應。在抒情文中，引用詩句能含蓄地表達感情。

中午時分，春光明媚，我們到西湖遊覽，悠閑地在湖畔漫步。我站在石拱橋上，放眼望去，碧綠的湖水在日光的照耀下，波光閃動，我腦海中不禁浮現了蘇軾的詩句「水光瀲灩晴方好」。

　　到了晚上，我們登上了雷峯塔，俯瞰整個湖區夜景。眼前的美景使我迷醉，燈光設計巧妙地以光為墨，結合山水、亭台、樓閣等西湖元素，勾勒出靈動的意境，把西湖的人文景觀和自然景觀在夜色中融為一體。日與夜的西湖，各具美態，難怪詩人說欲把西湖比西子，淡妝濃抹總相宜。

　　作者遊覽西湖所見，令他聯想起蘇軾《飲湖上初晴後雨》中描寫西湖的詩句。作者在前面明引詩句，後面則用暗引把詩句融入自己的文句中，均收到簡煉含蓄的表達效果。

飲湖上初晴後雨　　（宋）蘇軾
水光瀲灩晴方好，山色空濛雨亦奇。
欲把西湖比西子，淡妝濃抹總相宜。

修辭創作

引用以下名言，寫作段落。

示例 「有志者事竟成。」

有些人有很遠大的志向，卻怕自己好高騖遠，流於空想。所謂「有志者事竟成」，只要我們懷着百折不撓的堅定意志去做事，努力不懈，最終能夠達成任務，獲取成功。

1. 「有麝自然香，何必當風颺。」

_____

_____

_____

_____

2. 韓愈説：「業精於勤而荒於嬉。」

_____

_____

_____

_____

3. 李白說：「人生貴相知，何必金與錢。」

4. 孔子說：「三人行，必有我師。」

5. 「海內存知己，天涯若比鄰。」

⑪ 層遞

啦……啦……啦……啦……

妹妹，你在唱什麼歌？

剛才你和表哥下棋，我陪伴小表妹看短片、唱兒歌，「一隻螞蟻來搬米，搬來搬去搬不起，兩隻螞蟻來搬米，身體晃來又晃去，三隻螞蟻來搬米，輕輕抬着進洞裏。」

我記得啊，我小時候都聽過這首童謠，短片有幾隻可愛的螞蟻一起搬米，教人要齊心協力、通力合作的道理。

這首童謠真有意思，你們知道它的歌詞用了哪一種修辭手法來寫嗎？

排比？

嗯，還有更貼切的答案！

會不會是層遞？

答對了！

認識層遞

一、什麼是層遞？

層遞把三個或以上的句子，按照意思的大小、多少、高低、輕重、遠近等不同程度逐層排列，或遞升或遞降，使文句層次分明。

示例一

這棵百年老樹的主幹在前幾年開始傾側歪斜，不久要靠支架支撐着，可是近日靠近樹頂的部分主幹終於倒塌下來，**幸虧種植專家早有預備，樹倒塌時才不致釀成意外。**

句子中把老樹從開始出現問題到最後倒塌，按輕重排列，把節節下降的狀況鋪陳出來。

示例二

鄧教授學問淵博，他的讀書心得是：首先把書瀏覽一遍，對內容有大概的了解；根據內容在腦海裏自擬問題，然後嘗試作答；接着把內容的重點和自己的註解整理成筆記，方便日後引用資料。

句子把鄧教授的讀書心得按先後次序排列，方便讀者理解和學習。

- 排列時，必須有三個或以上的層次，才稱得上層遞。
- 層遞在內容上有遞進或遞減，層層深入，排比在內容上是並列的；層遞在句子結構上不強調相同或相似，排比則要求句子結構相似。

二、層遞的作用

運用層遞能使文章條理清晰，層次分明。

運用層遞法抒情，可以使感情逐步加深，增強感染力；說理時，可以把道理層層加深，加強說服力，令文章更有氣勢，給讀者留下深刻的印象。

三、修辭辨析

1. 尊貴的名譽、萬貫的財富、豐盛的享受，如果跟真的友情相比，它們都是塵土。

2. 友誼像一盞明燈，照亮了我；友誼像一杯牛奶，滋潤了我；友誼像一陣微風，吹拂了我。

3. 真正的朋友，能與你共享成功，能與你分享心事，能與你分擔憂愁，能與你共渡患難。

我在讀一篇叫《談友誼》的文章，文章中這些句子都是運用了層遞嗎？

要辨別這些句子是否運用層遞手法前，先要掌握什麼是層遞。

你剛才說過層遞是把三個或以上的句子，按照意思的輕重、大小、先後等逐層排列。

對了，你就按這定義來判斷這些句子吧！

我試試看，句子1「尊貴的名譽、萬貫的財富、豐盛的享受」是短語，不是句子，而且沒有層次上的關聯，不像是層遞，作者把它們和真摯的友誼作比較，看來像是對比。

對了！

句子2連用三個比喻，但它們之間是並列的，沒有遞升或遞降的關係，看來是排比句。

對了。那麼句子3呢？

句子3由「共享成功，分享心事，分擔憂愁」，再到「共渡患難」，在內容層次上有遞升，而且由三個以上的句子組成，應該是遞進了！

分析得很好！

實戰演練

初階題

一、辨別下列句子屬層遞句還是排比句，把代表答案的○塗滿。

	層遞句	排比句
1. 金庸先生的武俠小說不但風行全港，繼而風靡全國，更在世界文壇上享有崇高的地位。	○	○
2. 這位導演執導的電影題材廣泛，有探討老後生活的；有揭示社會上貧富懸殊狀況的；有歌頌年輕人追尋理想的；有讚揚中年再起步的，反映社會上不同階層的現實。	○	○
3. 他在今屆運動會取得驕人成績，先在跳遠項目取得季軍，然後在二百米賽跑拿到亞軍，更在四百米賽跑勇奪冠軍，大家都以他為榮。	○	○
4. 她在今年慈善嘉年華參與了眾多項目，擔任不同崗位，在遊戲攤位幫忙維持秩序；在義賣區幫忙分類和包裝；在美食攤位負責預備材料，為慈善貢獻出每一分力。	○	○
5. 不登上高山，就不知天多麼高；不面臨深澗，就不知地多麼厚；不讀經典，就不知學問多麼博大。	○	○
6. 曇花在夜裏驟然開放，轉瞬便凋謝，那迷人的姿態使人多希望它能綻放多一天，多一小時，即使是多一分鐘也好。	○	○

🍰 中階題

二、根據句意，續寫層遞句。

1. 弟弟吃了一件巧克力蛋糕後，嚷着說很餓；＿＿＿＿＿＿＿＿
＿＿＿＿＿＿＿＿＿＿＿＿＿＿＿＿＿真是個「大胃王」！

2. 舅舅熱愛水上活動，起初＿＿＿＿＿＿＿＿＿＿＿＿＿＿，

漸漸＿＿＿＿＿＿＿＿＿＿＿＿＿＿＿＿＿＿＿，

後來＿＿＿＿＿＿＿＿＿＿＿＿＿＿＿＿＿＿＿。

3. 本區發生了一場三級火警，最初＿＿＿＿＿＿＿＿＿＿，

然後＿＿＿＿＿＿＿＿＿＿＿＿＿＿＿＿＿＿，

最後＿＿＿＿＿＿＿＿＿＿＿＿＿＿＿＿＿＿，

大批消防員趕至現場撲救。

🍉 高階題

三、辨析句義，選出正確的答案。

1. 無論是一場宴會的筵席，或是平日晚市的一道家常小菜，以至早市的一個叉燒包，這家酒店的主廚都視為一件舉足輕重的任務。
   ○ A. 酒店主廚工作艱辛。
   ○ B. 酒店主廚廚藝出眾。
   ○ C. 酒店主廚廚藝多樣化。
   ○ D. 酒店主廚廚藝做事認真。

2. 那個古老樓房的大廳先是天花上水泥塊剝落，接着是牆身至天花出現裂縫，後來一大塊混凝土塌下，鋼筋外露，狀甚可怖。

   ○ A. 古老樓房屬於危樓。
   ○ B. 古老樓房日久失修。
   ○ C. 古老樓房最後逃不過拆卸的下場。
   ○ D. 古老樓房的天花板很大機會完全倒塌。

3. 芷翹從事髮型工作已十個年頭，第一年她努力地練習剪髮基本功，五年後她熟練地為客人剪出時髦的髮型，如今她順着每個人的頭形臉形加以調整，創作出獨特的髮型，成為獨當一面的髮型師。

   ○ A. 芷翹花了十年時間深造剪髮技巧。
   ○ B. 芷翹十年來一直從事理髮，沒想過轉行。
   ○ C. 芷翹十年來由依樣畫葫蘆到創出自己的風格。
   ○ D. 芷翹十年來進步很大，晉升為高級髮型師。

4. 他最初在建築工地工作，那次工傷後只能做一些零散的兼職，近年連兼職也幹不了，只能依靠綜緩過活。

   ○ A. 他找不到工作。
   ○ B. 他對找工作太挑剔。
   ○ C. 他工傷後工作態度大變。
   ○ D. 他因受傷引致工作能力大減。

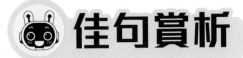

佳句賞析

　　認錯是一種勇氣，對自己承認錯誤是勇氣，對家人坦白認錯是勇氣，面對社會承認自己做得不對更是大勇氣，這樣知錯能改的誠實和責任感能化為一個人改過自新的力量源泉。

　　作者在句子中把承認錯誤由對自己，對家人，再寫到對社會，在層次上有遞升，深化了文句要表達的主要訊息——認錯既是一種勇氣，也是改過自新的力量。

　　廣告無處不在，隧道出口、大型球場有巨型的廣告板，巴士、小巴甚至的士的車身都貼上廣告宣傳標貼，甚至一張小小的年曆卡、餐廳桌上調味料瓶子上都印有贊助商的標誌和名字，各式宣傳鋪天蓋地滲透在我們生活的每一個角落。

　　作者從範圍的大至小地突出廣告的無處不在，藉此強調廣告已高度滲透在日常生活中。

年少的我渴望成為一個獨當一面、萬眾矚目的天皇巨星；離開學校，踏入社會後，我期望能成為一位在職場上發光發亮、受人敬仰的高層人士；如今踏入中年，我只求自己做個稱職的員工、丈夫和父親。

作者由年少寫到中年，按時間先後寫出自己的期望，而且他對自己的期望由年少時宏大得有點虛無縹緲，漸漸變化成中年的樸實無華，反映人生的閱歷使人成熟，使人踏實，也使人知足。

《荀子‧修身》中說：「人無禮則不生，事無禮則不成，國家無禮則不寧。」是說一個人如果不遵循禮儀，就沒有辦法在這個社會上生存；做一件事如果不遵循禮儀，就無法做成；一個國家如果不遵循禮儀，就不得安寧。由此可見，禮義與中國文化環環相扣，無論是對個人修身而言，還是對社會、政治、經濟都有着深遠的影響。

作者引用荀子的話，把禮義的影響由個人推演至國家層面，層層遞進，強調了禮義的重要。

你學會了嗎？

修辭創作

根據情境，運用層遞寫作。

示例 允行的表哥喜歡創作音樂，剛開始在網絡上發表歌曲。試以允行的身份寫一張電子賀卡給他。

> 表哥：
>
> 　　恭喜你開始在網絡上發表歌曲，希望你的歌曲不但在香港受到歡迎，更能吸引到全國的樂迷，繼而向世界樂壇進發！我會永遠支持你！
>
> 表弟
允行

情境一：就讀中學的表姐一心擔任義務小老師，為小學生指導功課。試以表姐的身份寫一張鼓勵卡給一位成績有進步的小朋友允行。

_____

_____

_____

_____

_____

_____

情境二：陳阿姨看到大廈梯間的衞生情況越來越差，寫電郵給大
廈的管理公司，申述情況，希望得到改善。

香城管理公司：

　　近日和平大廈低層的梯間衞生情況越來越差，＿＿＿＿＿＿＿

＿＿＿＿＿＿＿＿＿＿＿＿＿＿＿＿＿＿＿＿＿＿＿＿＿＿＿＿＿＿＿

＿＿＿＿＿＿＿＿＿＿＿＿＿＿＿＿＿＿＿＿＿＿＿＿＿＿＿＿＿＿＿

＿＿＿＿＿＿＿＿＿＿＿＿＿＿＿＿＿＿＿＿＿＿＿＿＿＿＿＿＿＿＿

＿＿＿＿＿＿＿＿＿＿＿＿＿＿＿＿＿＿＿＿＿＿＿＿＿＿＿＿＿＿＿

＿＿＿＿＿＿＿＿＿＿＿＿＿＿＿＿＿＿＿＿＿＿＿＿＿＿＿＿＿＿＿

＿＿＿＿＿＿＿＿＿＿＿＿＿＿＿＿＿＿＿＿＿＿＿＿＿＿＿＿＿＿＿

＿＿＿＿＿＿＿＿＿＿＿＿＿＿＿＿＿＿＿＿＿＿＿＿＿＿＿＿＿＿＿

＿＿＿＿＿＿＿＿＿＿＿＿＿＿＿＿＿＿＿＿＿＿＿＿＿＿＿＿＿＿＿

和平大廈住客　陳麗嫦　啟

⑫ 襯托

嘩，妹妹，你怎麼把自己扮起來了？演話劇，還是參加巡遊？

時裝搭配這回事，你不會明白的……

我不明白？這一身是什麼時裝搭配？

你沒有聽過「牡丹雖好，全仗綠葉扶持。」這句俗語嗎？我今天戴了這個紅色髮飾，所以特意穿上一條綠色的裙子來襯托起髮飾的紅豔，這就是搭配之道了！

好一個「搭配之道」，恕我這個時裝門外漢「有眼不識泰山」！

哈，哥哥你別取笑妹妹，她應該花了不少心思來配襯服裝。老實說我不懂時尚之道，不過倒聽出了妹妹懂得「襯托」這個修辭技巧！

聽到了吧，哥哥，我不單是「時尚達人」，還是「修辭達人」啊！

認識襯托

一、什麼是襯托？

❶ 襯托

襯托又稱「映襯」或「烘托」，是指用相似、相關或相反的事物來陪襯所寫的主要事物，使事物鮮明特點地顯現出來。可分為正襯和反襯兩大類。

❷ 正襯

是用相似或相關的事物作為陪襯，以突出所寫的主要事物，如用「好的」襯托「更好的」。

示例

那位職業籃球員真是「高人一等」，連全級最高的允行站在他旁邊，也變成了小矮人。

以全級最高的同學襯托籃球員長得高，突顯那球員特別高。

❸ 反襯

是用事物的相反條件從反面陪襯，如用「壞的」襯托「好的」。

示例

姐姐個子雖小，但力氣真大。

以姐姐「小」的個子來襯托她力氣的「大」。

襯托和對比同樣把事物之間加以比較，以突顯事物的特點，但兩者結構上有明顯的分別：

- 襯托所述的事物有主次之分，可以明確分辨出所寫的主要事物和陪襯的事物；
- 對比所舉的兩件事物或事物的兩方面是不分主次的，而且必須符合兩事對比或一事兩方面的對照。

二、襯托的作用

突出事物的特點。抒情時，能藉映襯增強感染力；說理時，通過襯托加強說服力，給讀者留下深刻的印象。

三、修辭辨析

1. 我拿着慈善獎券開始募捐，最初一個小時路上行人疏疏落落，售出的獎券寥寥可數，後來人漸漸多起來，獎券一張接一張地售出，使我心花怒放。

2. 我拿着旗袋和旗子向路人打招呼，有人低頭走過，有人冷漠回應，只有一個老婆婆笑盈盈地向我走來，把硬幣投進我的旗袋。她的舉動，使我心頭立刻湧起一股暖流。

3. 在義賣攤位裏，價格相宜的盆栽很快便賣光，不久連價格較高的鮮花也被熱情的市民一掃而空。

要辨別這些句子是否運用襯托手法前，先考考你，什麼是襯托？

記得你剛才說過，襯托是用相似或相反的事物來陪襯主要的事物。

對了，你看看句子的事物有沒有分為主要和次要吧！

好，我試試看，句子1寫售賣慈善獎券最初和後來的情況，似乎沒有主次之分，應該是對比。

句子2寫賣旗時路人的反應，有人避開或冷淡地回應，只有一個老婆婆熱情地捐助。看來作者寫些冷淡的人是為了襯托主要的人物——那位樂善好施的老婆婆，看來是襯托句而且是反襯。

句子3寫市民熱烈支持義賣活動，不但買光價格相宜的盆栽，連價格較高的鮮花也一掃而空，襯托出市民的為善不甘後人，是運用了正襯！

我要給一大個「讚」——給你和善心的人們！

實戰演練

🍬 初階題

一、辨別下列句子的修辭手法，在（　　）內寫上代表答案的英文字母。

> A. 正襯　　B. 反襯　　C. 對比

1. 她收到各式各樣名貴的生日禮物，然而最令她愛不釋手是那手作的小布偶。（　　）

2. 任憑園裏成千上萬的紅玫瑰多麼嬌豔欲滴，小王子只喜愛他星球上的那朵玫瑰。（　　）

3. 從前荃灣是一片農地，如今已變成一個四通八達、設備齊全的衞星城市。（　　）

4. 在那黑漆漆的夜空中，皎潔的明月顯得格外光亮。（　　）

5. 那房子之前塞滿雜物，亂七八糟，經過家居整理師收拾後，變得整齊美觀，煥然一新。（　　）

6. 我最愛白蘭花的清香幽雅，哪怕是芬芳的百合花和水仙花，也比不上它。（　　）

🍰 中階題

二、根據句意，選出適當的部分，組成襯托句。

1. 外婆做的餃子很好吃，
   - ○ A. 平日愛吃餃子的弟弟，一口氣吃了十多隻。
   - ○ B. 連平日不愛吃餃子的弟弟，也吃了十多隻。

2. 這位作曲家才華橫溢，受人敬仰，
   ○ A. 他的徒弟更是青出於藍。
   ○ B. 他的徒弟緊隨其後，盡得所學。

3. 這個商場平日人山人海，
   ○ A. 一到假日變得冷冷清清，門可羅雀。
   ○ B. 到了假日更擁擠得水洩不通。

4. 這所醫院已有二百年歷史，
   ○ A. 裏面的設備古色古香。
   ○ B. 裏面的裝潢簇新，設備竟然非常先進。

🍉 高階題

三、根據句意，配對襯托句，在括號內填上代表答案的英文字母。

> A. 連一向性情溫和的一心都不禁白他一眼
> B. 裏面的店鋪售賣不少新款的電子產品
> C. 只有姐姐臨危不亂，冷靜地按緊急掣
> D. 一向膽識過人的允行也嚇得尖叫

1. 別看這商場外觀老舊，（　　）。

2. 他開的玩笑太傷人，（　　）。

3. 電梯故障時，大家都手足無措，亂作一團，（　　）。

4. 一隻大蜜蜂飛進教室，大家都驚惶失措，（　　）。

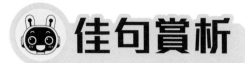

佳句賞析

《贈汪倫》 （唐）李白

李白乘舟將欲行，忽聞岸上踏歌聲。
桃花潭水深千尺，不及汪倫送我情。

這首詩寫汪倫為李白送行的熱鬧場面，表達了兩人之間的友誼。李白遊罷桃花潭，登船正要離開的時候，忽然聽到岸上喧鬧的人聲，只見汪倫正帶領村民們手拉着手，雙腳踏地，高聲唱起「踏歌」來送行。看到這個情景，李白感動不已，心想：縱然桃花潭水深千尺，哪裏及得上汪倫對自己的深厚情誼呢。詩句中以桃花潭的水深來襯托出李白與汪倫的深厚情誼，以「深」的映襯「更深的」，屬正襯。

當社會充斥着自私自利、忽略公德的行為，使人不勝其煩、難以容忍時，互相關懷、禮讓互助的風氣更值得我們珍惜和推廣。只要大家願意放下私心，踏出互助互讓的第一步，社會定必變得更和諧，更美好！

作者以社會上欠缺公德的行為襯托人與人關懷互愛、互助互讓的重要，令讀者深思應該身體力行實踐互助互讓的精神。作者以「醜惡」的事物襯托「美好」的，屬於反襯，能加強說服力，給予讀者深刻的印象。

 修辭創作

你是校園電視台的撰稿員，負責為主持創作講稿。試運用襯托介紹以下人物，寫成對話形式的講稿。

> 甲：節目快開始了，你在做什麼啊？
>
> 乙：我正在用計算機計一計學校共有多少個學生。
>
> 甲：你不必用計算機了，我介紹一位同學給你認識，她有超強的心算，比計算機還要快。
>
> 乙：嘩，太厲害了，她是誰？
>
> 甲：她是五年丁班的黎一心同學。有請一心接受我們的訪談。

請介紹在學校服務三十年的職員李叔叔

> 甲：大家熟悉的馮校長，原來在我校已服務了二十五年。
>
> 乙：二十五年，真是一個不短的日子。
>
> 甲：你知道嗎？校園裏有一位你我熟悉的員工，＿＿＿＿＿＿＿＿＿＿ ＿＿＿＿＿＿＿＿＿＿＿＿＿＿＿＿＿＿＿＿＿＿＿。
>
> 乙：二十五年加五年，整整三十年！真不簡單！
>
> 甲：對啊，今天接受我們訪問的嘉賓正是這位＿＿＿＿＿＿＿＿＿＿ ＿＿＿＿＿＿＿＿＿＿＿＿＿＿＿＿＿＿＿＿＿＿＿。

綜合練習

一、辨別下列句子的修辭手法，把代表字母填在括號內。

> A. 明喻　　B. 暗喻　　C. 借喻　　D. 擬人　　E. 擬物
> F. 排比　　G. 誇張　　H. 反復　　I. 反問　　J. 設問

1. 生命是一道綿長的河流，流淌着生活中悲歡離合的回憶。　（　　）

2. 雨水不斷沖刷地面，引水道把地面沖來的垃圾一一嚥下，狀甚痛苦。　（　　）

3. 洪水來勢洶洶，提壩猶如一個英勇的士兵，把洪水阻擋住。　（　　）

4. 只是搬運一箱圖書到回收中心，他竟然帶了千軍萬馬來。　（　　）

5. 我們從度假營返家，甫進家門，弟弟便迫不及待回到他的小皇宮玩耍。　（　　）

6. 潦倒的畫家仰望着朗月，陷入沉思之中：哪裏能追尋我的夢想？哪裏能追尋我的夢想？　（　　）

7. 老伯伯把陳年的小説文稿放進大鐵桶，然後點起火苗，火舌嚙咬着那些陳舊的紙張。　（　　）

8. 探險家成功到達極地是運氣使然嗎？當然不是，他們每次出發前都有周詳的計劃。　（　　）

9. 一抹清風，帶來了春意；一杯清茶，帶來了涼意；一聲稱讚，帶來了暖意。　（　　）

10. 他一向待人彬彬有禮，怎麼會對顧客惡言相向呢？別相信那些無稽的道聽途説了。　（　　）

二、根據提示，改寫句子。

1. 清風吹拂我的臉龐。（改寫成擬人句）

_____

2. 關懷不是雨水、蜂蜜和陽光，卻帶來了滋潤、甘甜和温暖。
   （改寫成排比句）

_____

3. 葡萄既香甜又營養豐富，是上天給我們的瑰寶。（改寫成反
   問句）

_____

4. 善用幽默可以擺脫被他人打擾的煩惱。（改寫成設問句）

_____

三、根據提示，續寫句子。

1. 幾年間，她參加羽毛球比賽的成績越來越好，_____

_____

_____ （運用層遞）

2. 他的花式溜冰技巧超卓，_____

_____

_____ （運用襯托）

比喻

實戰演練（P. 10-11）

一、1. 露珠、仿如、水晶
2. 濃霧、好像、白絲布
3. 老師的勉勵、恰似、冬日溫暖的陽光
4. 初學游泳的弟弟、猶如、即將上戰場的士兵

二、1. △ 2. X 3. ○ 4. X

三、1. 擔憂 2. 隔膜 3. 蕭條

四、1. B 2. C 3. B 4. C

修辭創作（P. 14）

1. 友誼像一棵樹苗，要慢慢栽培，才能長成長久的情誼之樹。
2. 時間是河裏緩緩流動的水，一去不返。
3. 那佇立在路旁的指揮員，不分晝夜地為路人和駕駛者指引正確而安全的路道。

擬人、擬物

實戰演練（P. 20-21）

一、運用了擬人法的有：1、4

二、1. ○ 2. △ 3. △ 4. ○ 5. △ 6. ○

三、1. 植物 2. 清水

四、1. 驟雨作弄街道上沒有帶傘的途人
2. 儲物櫃緊緊鎖上，守護着我們的財物。
3. 老師的話燃亮了我們的鬥志，我們誓要在比賽中發揮出最佳的表現。
4. 那些未完成的畫作淹沒了他的工作室。

修辭創作（P. 24）

一、楓樹上有許多葉子，都是楓樹枝的孩子。它們隨風搖曳，這邊點點頭，那邊點點頭，大家興高采烈地談話。突然，一陣大風匆忙地跑過來，它們馬上跳起舞來，還一邊唱着輕快的歌兒。

二、1. 猛烈的山火吞噬了整個森林。
2. 在台前幕後精心炮製下，話劇終能登上舞台。

排比

實戰演練（P. 30-31）

一、1. 吹氣球……掛彩帶……貼海報
2. 看手機……打瞌睡……看報紙
3. 彈彈琴……打打鼓……唱唱歌
4. 堆沙……游泳……玩水槍
5. 挑年花……選年畫……買小吃
6. 歡呼……搖頭……握拳

二、1. 貼揮春；媽媽做年糕；爸爸買年花
2. 燒烤；有的人遠足；有的人放風箏
3. 唱歌跳舞；有的在朗誦詩歌；有的表演話劇

三、1. 嗅著芬芳馥郁的花香；聽著悅耳動人的鳥聲
2. 登上宏偉綿長的萬里長城；時而攀越巍峨壯麗的泰山；時而參觀莊嚴華麗的紫禁城
3. 為了鍛煉體魄；為了放鬆心情；為了善用餘暇

修辭創作 (P. 34)

玩小火車⋯⋯玩旋轉木馬⋯⋯玩摩天輪

吃魚柳⋯⋯吃漢堡⋯⋯吃薄餅⋯⋯吃蛋糕

把帽子變走⋯⋯把帽子變回來⋯⋯從帽子中變出鮮花

反復

實戰演練 (P. 39)

一、1. ○ 2. △

二、1. 看到獅子的追捕，小鹿拚命跑，拚命跑，跑到叢林的深處。
2. 吃了嗆鼻的芥末後，叔叔咳個不停，咳個不停，連眼淚也不自覺地流下來。

修辭創作 (P. 42)

1. 頌晴：太美了！
2. 允行：真的不要緊。
3. 明心：別灰心！你再跟導師努力練習，再接再厲吧！真的別灰心！

設問、反問

實戰演練 (P. 49-50)

一、1. △ 2. ○ 3. △ 4. ○ 5. ✗ 6. △

二、1. 難道你以為世界上有不勞而獲嗎？

2. 誰把街道打掃得乾乾淨淨？是辛勤的清潔工人。

三、1. B 2. C 3. B 4. D

修辭創作 (P. 52)

一、學習硬筆書法有什麼好處？我覺得學習硬筆書法能改善字體。
學好硬筆書法有什麼訣竅？我認為要多練習，多觀摩名家的佳作。

二、1. 這道數學題怎會難到一心呢？
2. 你不是說今天要到公園跑步嗎？

誇張

實戰演練 (P. 58-59)

一、誇張句有：1、3、4、7

二、1. D 2. F 3. A 4. C 5. B 6. E

三、1. C 2. C 3. B 4. B

修辭創作 (P. 62)

1. 我造的菜刀堅硬得銅牆鐵壁也能劈開。
2. 我賣的絲綢輕巧，做成衣服穿在身上仿如無物。
3. 我這自家釀造的酒芳香醇厚，令人未飲先醉了。

對比

實戰演練 (P. 68-69)

一、對比句有：1、3、5

二、1. B 2. A 3. A 4. B

三、1. F 2. C 3. D 4. E 5. B 6. A

修辭創作 (P. 72)

1. 親愛的一心
你還是個天真懵懂、害羞靦腆的女

孩⋯⋯你已經越來越成熟穩重，成績優異。

2. 華叔⋯⋯三十年⋯⋯三十⋯⋯只有幾間石屋，十分荒涼⋯⋯這一區已經高樓林立，街巷繁榮，充滿了生活氣息。

對偶

實戰演練 (P.78)

一、對偶句有：2、4、7、8

二、1. B 2. A 3. A

修辭創作 (P.80)

1. 安安全全建屋造房子，快快樂樂回家享天倫。

2. 天上玉盤大又圓，盒中月餅香又甜。

3. 春風化雨值尊重，桃李滿門受愛戴。

反語

實戰演練 (P.86-87)

一、1. B 2. A 3. B 4. A 5. A 6. B

二、1. 認真向學／無心向學

2. 勤奮／懶惰　3. 慢慢／迅速

4. 享受／忍受　5. 茁壯／萎靡不振

6. 大方／吝嗇

7. 身手不凡／笨手笨腳

8. 伶牙利齒／笨口拙舌

修辭創作 (P.90)

1. 你連一塊巧克力都捨不得給妹妹，真是闊綽！

2. 一個連小孩都不相信的謊言，允行竟然深信不疑，還給那個騙子騙去了金錢，他的腦袋實在清醒得很。

3. 這個新來的麵包學徒真勤快，他工作時不是看手機，就是打盹，結果整個上午只做了這珍貴的一小盤麵包，工夫全由其他學徒分擔。

引用 (P.95-96)

一、引用句有：3、5

二、明引：1 暗引：2、4

三、1. D 2. E 3. A 4. F 5. B 6. C

修辭創作 (P.99-100)

1. 有些人急着宣揚自己的成就，以求取眾人的關注。其實，「有麝自然香，何必當風颺」，如果一個人有真才實學，就如麝香一樣，好的名聲會自然傳播開來，而不必到處去宣揚自己有多厲害。

2. 韓愈說：「業精於勤而荒於嬉。」學業的精進在於勤奮不怠，孜孜不倦地學習。如果貪圖玩樂、沉迷嬉戲，就會無心向學。

3. 和朋友相交，只要興趣所投，不需要考慮對方的家境，正如李白說：「人生貴相知，何必金與錢。」

4. 我們不可驕傲自大，遇到問題，要多向他人請教，因為「三人行，必有我師。」

5. 畢業了，雖然我和朋友們分別去了不同的中學，但「海內存知己，天涯若比鄰。」我們的心永遠在一起。

層遞

實戰演練 (P.106-107)

一、層遞：1、3、6　排比：2、4、5

二、1. 再吃了一客漢堡包和薯條後，他說可以再吃多些；直到再吃一碟

意大利麵，他才滿足地點頭

2. 偶爾參加浮潛活動……成為潛水團的積極分子……更考獲潛水教練的資格，以教人潛水為職業。

3. 在一家餐廳的廚房起火……漫延至整個用膳區……火勢一發不可收拾，波及附近幾家商舖

三、1. D 2. B 3. C 4. D

修辭創作 (P. 111-112)

一、

允行小朋友：

看到你的期終試成績表，我感到非常受鼓舞。最初你的英文默書只有幾分，也不明白詞句的意思；後來用功溫習，漸漸取得合格分數；最近我看到你能主動溫習，默書的分數比以前大有進步，希望你繼續努力，在學業上更上一層樓。

一心老師

二、先是有一些紙箱被遺棄在梯間，後來開始有人把大量雜物堆放在梯間，阻塞通路，近日更變本加厲，一袋又一袋濕漉漉的垃圾被棄置在梯間，不但發出異味，更惹來蒼蠅和蟑螂，嚴重影響大廈的衛生，敬請貴公司加派人手巡查，並採取適當的行動。

襯托

實戰演練 (P. 118-119)

一、1. B 2. A 3. C 4. B 5. C 6. A

二、1. B 2. A 3. B 4. B

三、1. B 2. A 3. C 4. D

修辭創作 (P. 121)

1. 甲：你知道嗎？校園裏有一位你我熟悉的員工，他服務的年資比馮校長還要多五年。

甲：對啊，今天接受我們訪問的嘉賓正是這位在學校服務三十年的職員——李叔叔。

綜合練習 (P. 122-123)

一、1. B 2. D 3. A 4. G 5. C
6. H 7. E 8. J 9. F 10. I

二、

1. 清風輕輕撫摸我的臉龐，安慰我不要再為今天的事感到悲傷。

2. 關懷不是雨水，卻帶來了滋潤；關懷不是蜂蜜，卻帶來了甘甜；關懷不是陽光，卻帶來了溫暖。

3. 葡萄既香甜又營養豐富，不是上天給我們的瑰寶嗎？

4. 幽默有什麼功用？善用幽默可以擺脫被他人打擾的煩惱。

三、

1. 先在校際比賽獲得冠軍，再在全港公開賽拿到金牌，更打破紀錄代表香港參加下屆奧運。

2. 連公認是「花式溜冰王子」的世界級高手都表示甘拜下風。

新雅中文教室

小學修辭手法一本通

作　　者：梁美玉
插　　圖：Jonas
責任編輯：張斐然
美術設計：徐嘉裕
出　　版：新雅文化事業有限公司
　　　　　香港英皇道499號北角工業大廈18樓
　　　　　電話：（852）2138 7998
　　　　　傳真：（852）2597 4003
　　　　　網址：http://www.sunya.com.hk
　　　　　電郵：marketing@sunya.com.hk
發　　行：香港聯合書刊物流有限公司
　　　　　香港荃灣德士古道220-248號荃灣工業中心16樓
　　　　　電話：（852）2150 2100
　　　　　傳真：（852）2407 3062
　　　　　電郵：info@suplogistics.com.hk
印　　刷：中華商務彩色印刷有限公司
　　　　　香港新界大埔汀麗路36號
版　　次：二〇二四年六月初版

ISBN : 978-962-08-8401-6
© 2024 Sun Ya Publications (HK) Ltd.
18/F, North Point Industrial Building, 499 King's Road, Hong Kong
Published in Hong Kong SAR, China
Printed in China